Del materialismo storico

Antonio Labriola

Del materialismo storico

Antonio Labriola

Dilucidazione preliminare

I.

In questo genere di considerazioni, come in tanti altri, ma in questo più che in ogni altro, è di non piccolo impedimento, anzi torna di fastidioso impaccio, quel vizio delle menti addottrinate coi soli mezzi letterarii della coltura, che di solito dicesi verbalismo. Si insinua e si espande in ogni campo di conoscenze cotesto mal vezzo; ma nelle trattazioni che si riferiscono al così detto mondo morale, e ossia al complesso storico-sociale, accade assai di sovente, che il culto e l'impero delle parole riescano a corrodervi e a spegnervi il senso vivo e reale delle cose.

Là dove la prolungata osservazione, il reiterato esperimento, il sicuro maneggio di raffinati istrumenti, l'applicazione totale o almeno parziale del calcolo, finiron per metter la mente in una metodica relazione con le cose e con le variazioni loro, come è il caso delle scienze naturali propriamente dette, ivi il mito ed il culto delle parole rimasero oramai superati e vinti, ed ivi le questioni terminologiche non hanno in fin delle fini se non il valore subordinato di una mera convenzione. Nello studio, invece, dei rapporti e delle vicende umane, le passioni, e gl'interessi, e i pregiudizii di scuola, di setta, di classe, di religione, e poi l'abuso letterario dei mezzi tradizionali della rappresentanza del pensiero, e poi la scolastica non mai vinta e anzi sempre rinascente, o fanno velo alle cose effettuali, o inavvertitamente le trasformano in termini, e parole, e modi di dire astratti e convenzionali.

Di tali difficoltà bisogna che innanzi tutto si renda conto chi mette fuori in pubblico la espressione, o formula, di concezione materialistica della storia. A molti è parso, pare e parrà sia ovvio e comodo di ritrarne il senso dalla semplice analisi delle parole che la compongono, anziché dal contesto di una esposizione, o dallo studio genetico del come la dottrina si è prodotta , o dalla polemica con la quale i sostenitori suoi ribattono le obiezioni degli avversarii. Il verbalismo tende sempre a rinchiudersi in definizioni puramente formali; porta le menti nell'errore, che sia cosa facile il ridurre in termini e in espressioni semplici e palpabili l'intricato e immane complesso della natura e della storia; e induce nella credenza, che sia cosa agevole il vedersi sott'occhi il multiforme e complicatissimo intreccio delle cause e degli effetti, come in ispettacolo da teatrino; o, a dirla in modo più spiccio, esso oblitera il senso dei problemi, perché non vede che denominazioni.

Se si dà poi il caso, che il verbalismo trovi sostegno in tali o tali altre supposizioni teoretiche, come sarebbe questa, che materia voglia dire un qualche cosa che sta di sotto o di contro ad un'altra cosa più alta o più nobile, che vien chiamata lo spirito; o se si dà il caso, che esso si confonda con l'abito letterario di contrapporre la parola materialismo, intesa in senso dispregiativo, a tutto ciò che compendiosamente chiamasi idealismo, cioè all'insieme d'ogni inclinazione e d'ogni atto anti-egoistico: e allora sì che siamo spacciati. Ed ecco che si sente dire: qui in questa dottrina si tenta di spiegare tutto l'uomo col solo calcolo degl'interessi materiali, negando qualsiasi valore ad ogni interesse ideale. A far nascere di tali confusioni non è valso poco la inesperienza, la incapacità e la frettolosità di certi propugnatori e propagatori di questa dottrina; i quali, per la premura di spiegare agli altri ciò che essi medesimi non intendevano a pieno, mentre la dottrina stessa non è se non agli inizii suoi, ed ha bisogno ancora di molto sviluppo, si son data l'aria di applicarla, pur che sia, al primo caso o fatto storico che loro capitasse fra mani, e l'han quasi ridotta in briciole, esponendola alla facile critica ed al dileggio degli orecchianti di novità scientifiche, e di altrettali sfaccendati.

Per quanto è lecito qui, in queste prime pagine, di respingere solo preliminarmente cotesti pregiudizii, e di redarguire le intenzioni e le tendenze che li sorreggono, occorre di ricordare: - che il senso di questa dottrina va innanzi tutto desunto dalla posizione, che essa assume ed occupa di fronte a quelle, contro le quali si è effettivamente levata, e segnatamente di fronte alle ideologie di ogni maniera; - che la riprova del suo valore consiste esclusivamente nella spiegazione più conveniente e congrua del succedersi delle vicende umane, che da essa stessa deriva; - che questa dottrina non implica una preferenza soggettiva ad una certa qualità e somma d'interessi umani, contrapposti ad altri interessi per elezione di arbitrio, ma enuncia soltanto la obiettiva coordinazione e subordinazione di tutti gli interessi nello sviluppo di ogni società, ed enuncia ciò per via di quel processo genetico, il quale consiste nell'andare dalle condizioni ai condizionati, dagli elementi della formazione alla cosa formata.

Almanacchino pure i verbalisti, a posta loro, sul valore della parola materia, in quanto è segno o ricordo di metafisica escogitazione, o in quanto è espressione dell'ultimo sostrato ipotetico della esperienza naturalistica. Qui noi non siamo nel campo della fisica, della chimica o della biologia; ma cerchiamo soltanto le condizioni esplicite del vivere umano, in quanto esso non è più semplicemente animale. Non si tratta già di indurre o di dedurre nulla dai dati della biologia; ma, anzi, di riconoscere innanzi ad ogni altra cosa le peculiarità del vivere umano, che si forma e sviluppa per il succedersi e perfezionarsi delle attività dell'uomo stesso, in date e variabili condizioni; e di trovare i rapporti di coordinazione e di subordinazione dei bisogni, che sono il sostrato del volere e dell'operare. Non è una intenzione che si cerchi di scovrire, non è una valutazione di pregio che si voglia enunciare; ma è la sola necessità di fatto che si vuol mettere in evidenza.

E come gli uomini, non per elezione ma perché non potrebbero altrimenti, soddisfano prima certi bisogni elementari, e poi da questi ne sviluppano degli altri, raffinandosi; e, a soddisfare i bisogni quali che siano, trovano ed usano certi mezzi ed istrumenti, e si consociano in certi determinati modi, il materialismo della interpretazione storica non è se non il tentativo di rifare nella mente, con metodo, la genesi e la complicazione del vivere umano sviluppatosi attraverso i secoli. La novità di tale dottrina non è difforme da quella di tutte le altre dottrine, che, dopo molte peripezie entro i campi della fantasia, son giunte da ultimo assai faticosamente ad afferrare la prosa della realtà, ed a fermarsi in essa.

II.

Di una certa affinità, per lo meno nelle apparenze, con cotesto vizio formale del verbalismo è un altro difetto, che derivasi nelle menti per diverse vie. Guardando in certi suoi effetti più comuni e popolari, lo dirò fraseologico; sebbene questa parola qui non esprima a pieno la cosa, e non ne dichiari l'origine.

Da molti secoli si va scrivendo, esponendo, illustrando la storia. I più svariati interessi, dagl'immediatamente pratici ai puramente estetici, spinsero i diversi scrittori ad ideare ed eseguire cotesto genere di composizioni; le quali, però, ebbero sempre nascimento nei diversi paesi un pezzo in qua dalle origini della civiltà, dallo sviluppo dello stato, e dal trapasso della primitiva società comunistica in questa, diremo in genere nostra, che si regge su le differenze e su le antitesi di classe. Gli storici, fossero pur essi ingenui quanto fu Erodoto, nacquero e si formarono sempre in una società punto ingenua, e anzi di molto complicata e complessa, e quando ditale complicazione e complessione le ragioni erano ignote, e le origini erano state obliate. Cotesta complessità, con tutti i contrasti che reca in sé, e che poi rivela e fa scoppiare nelle sue svariate vicende, si rizzava di fronte ai narratori come qualcosa di misterioso, che chieda spiegazione; e, per poco che lo storico volesse dare un qualche seguito ed un certo nesso alle cose narrate, dovea pur trovare dei complementi di vedute generali al semplice racconto. Dall'invidia degli dei del padre Erodoto all'ambiente del signor Taine, un infinito numero di concetti, intesi come mezzi di spiegazione e di complemento delle cose narrate, si sono imposti ai narratori per le vie naturali del pensiero immediato. Tendenze di classe, preconcetti religiosi, pregiudizii popolari, influssi o imitazioni di una filosofia corrente, ripieghi di fantasia, e suggestioni di artistico completamento dei fatti frammentariamente appresi; tutte coteste ed altrettali cause concorsero a formare il sostrato di quella teoria più o meno ingenua degli accadimenti, che, o sta implicitamente in fondo al racconto, o è usata se non altro a condirlo e ad adornano. O che si parli di caso o di fato, o che si rimandi alla direzione provvidenziale delle cose umane, o che si accentui il nome e il concetto della fortuna - la divinità che sola mezzo mezzo sopravviva ancora nella rigida e spesso crassa concezione di Machiavelli, - o che si parli, come si fa ora assai di frequente, della logica delle cose; tutte coteste escogitazioni furono e sono trovate e ripieghi di un pensiero ingenuo, di un pensiero immediato, di un pensiero che non può giustificare a se stesso il suo procedimento e i suoi prodotti, né per le vie della critica, né coi mezzi dell'esperimento. Colmare con dei soggetti convenzionali (p. e. la fortuna), o con una enunciazione di apparenza teoretica (p. e. il fatale andare delle cose, che alcune volte poi si confonde nelle menti con la nozione del progresso), le lacune della coscienza circa il modo come le cose siano effettivamente procedute di loro propria necessità, e fuori del nostro arbitrio e del nostro gradimento, ecco il motivo e la somma di cotesta filosofia popolare, latente od esplicita negli storici narratori, la quale per il suo carattere immediato si dilegua non appena sorge la critica della conoscenza.

In tutti cotesti concetti, e in tutte coteste ideazioni, che alla luce della critica paiono dei semplici mezzi provvisorii e dei ripieghi di un pensiero immaturo, ma che alla gente colta sembrano spesso il non plus ultra dell'intelletto, si rivela pure e si riflette una non piccola parte del processo umano; e per ciò non sono da considerare come gratuite invenzioni, nè come prodotti di momentanea illusione. Sono parte e momenti del divenire di ciò che chiamiamo spirito umano. Se si dà poi il caso, che tali concetti ed ideazioni si mescolino e confondano nella communis opinio delle persone colte, o di quelle che passano per tali, finiscono per costituire come una ingente massa di pregiudizii, e formano come l'impedimento che l'ignoranza contrappone alla visione chiara e piena delle cose effettuali. Cotesti pregiudizii ricorrono come derivati fraseologici per le bocche dei politicanti di mestiere, dei così detti pubblicisti e dei gazzettieri d'ogni sorta e maniera, ed offrono il fulcro della retorica alla così detta opinione pubblica.

Contrapporre, e poi sostituire, a tale miraggio di ideazioni non critiche, a tali idoli della immaginazione, a tali ripieghi dell'artificio letterario, a tali convenzionalismi, i soggetti reali, ossia le forze positivamente operanti, ossia gli uomini nelle varie e circostanziate situazioni sociali proprie di loro: - ecco l'assunto rivoluzionario e la meta scientifica della nuova dottrina, la quale obiettivizza e direi quasi naturalizza la spiegazione dei processi storici.

Questo tal popolo, ossia, non una qualunque massa d'individui, ma un plesso di uomini così o così organati, o per naturali rapporti di consanguineità, o per artificii e consuetudini di parentato e di affinità, o per ragioni di vicinato stabile; - questo tal popolo, su cotal territorio circoscritto e limitato, che è così o così ferace, ed è in tale o tale altra maniera produttivo, e fu in determinate forme acquisito al lavoro continuativo; - questo tal popolo cosi distribuito su tale territorio, e cosi in sé spartito ed articolato, per effetto di una determinata division del lavoro, la quale abbia, o iniziata appena, o già iniziata e maturata questa o tale altra divisione di classi, o delle classi ne abbia di già erose o trasformate parecchie; - questo popolo, che possiede i tali o tali altri istrumenti, dalla pietra focaia alla luce elettrica, e dall'arco e dalla freccia al fucile a ripetizione, e che produce in un certo modo, e conforme al modo del produrre conseguentemente spartisce i prodotti; - questo popolo, che per tutti cotesti rapporti è una società, nella quale, o per abiti di mutua accomodazione, o per esplicite convenzioni, o per violenze patite e subite, son nati già o stanno per nascere dei legami giuridico-politici, che poi metton capo nell'assetto dello stato; - questo popolo, nato che sia l'organamento dello stato, che è il tentativo di fissare, di difendere e di perpetuare le disuguaglianze, e che, per via delle nuove antitesi che vi reca dentro, rende di continuo instabile l'ordinamento sociale, si determinano i movimenti e le rivoluzioni politiche, e quindi le ragioni del progresso e del regresso: - ecco la somma di ciò che sta a fondamento di ogni storia. Ed ecco la vittoria della prosa realistica sopra ogni combinazione fantastica e ideologica.

Ci vuol certo della rassegnazione a veder le cose come esse sono, oltrepassando i fantasimi che per secoli ne impedirono la retta visione. Ma questa rivelazione di dottrina realistica non fu, né vuole essere, la ribellione dell'uomo materiale contro l'uomo ideale. E' stata ed è invece il ritrovamento dei veri e propri principii e moventi di ogni sviluppo umano, compreso quello di tutto ciò che chiamiamo ideale, in determinate condizioni positive di fatto, le quali recano in sé le ragioni, e la legge, e il ritmo del loro proprio divenire.

III

Se non che sarebbe affatto erroneo il credere, che gli storici narratori, espositori o illustratori abbiano di capo loro e di loro invenzione messo in essere quella massa non piccola di preconcetti, di ideazioni e di spiegazioni immature, che con la forza del pregiudizio fecero velo per secoli alla verità effettuale. Può darsi, e si dà veramente il caso, che alcuni di cotesti preconcetti siano il frutto ed il portato di personali escogitazioni, o delle correnti letterarie le quali si formano per entro all'angusta cerchia professionale delle università e delle accademie: - e di ciò il popolo non sa nulla. Ma il fatto importante è, che la storia cotesti veli se li è messi da sé; e, cioè dire, che gli attori ed operatori stessi delle vicende storiche, o fossero le grandi masse di popolo, o i ceti e le classi dirigenti, o i maneggiatori dello stato, o le sètte, o i partiti nel più ristretto senso della parola, fatta eccezione di qualche momento di lucido intervallo, fin quasi alla fine del secolo passato non ebbero coscienza dell'opera propria, se non per entro a qualche involucro ideologico, che impediva la visione delle cause reali. Già nei tempi oscuri, nei quali ebbe luogo il passaggio dalla barbarie alla civiltà; quando, cioè, coi primi trovati dell'agricoltura, col primo insediamento stabile di una popolazione sopra di un dato territorio, con la prima divisione del lavoro nella società, e con le prime alleanze di diverse genti, si stabilirono le condizioni in cui si svolge la proprietà e lo stato, o per lo meno la città; già nei tempi, in somma, delle primissime rivoluzioni sociali, gli uomini trasformarono l'opera loro in azioni miracolose d'immaginati iddii ed eroi. In guisa, che operando essi come potevano e come dovevano per dato, necessità e fatto del loro relativo sviluppo economico, idearono una spiegazione dell'opera propria, come se di loro stessi essa non fosse. Cotesto involucro ideologico delle opere umane ha più volte poi cambiato di forme, di apparenze, di combinazioni e di relazioni nel corso dei secoli, dalla produzione immediata dcgl'ingenui miti, fino ai complicati sistemi teologici e alla Città di Dio di sant'Agostino, dalla superstiziosa credulità nei miracoli, fino al mirabolante miracolo dei miracoli metafisici, ossia fino all'1dea, che presso i decadenti dell'hegelismo genera da sé in se stessa, per propria dirempsione, tutte le più disparate varietà del vivere umano nel corso della storia.

Ora, precisamente perché l'angolo visuale della interpretazione ideologica non fu definitivamente superato se non assai di recente, e solo ai giorni nostri l'insieme dei rapporti reali e realmente operanti fu con chiarezza distinto dai riflessi ingenui del mito, e dai più artificiosi della religione e della metafisica, la nostra dottrina include un nuovo problema, e reca in sé delle difficoltà non lievi, per chi voglia renderla atta a comprendere specificatamente la storia del passato.

Il problema consiste in questo: che la nostra dottrina dia occasione ad una nuova critica delle fonti storiche. Né intendo di dire esclusivamente della critica dei documenti, nel senso proprio ed ovvio della parola; perché, quanto a questa, possiamo nella più parte contentarci ce la somministrino bella e fatta i critici, gli eruditi e i filologi di professione. Ma anzi intendo di dire di quella fonte immediata, che sta più in là dai documenti propriamente detti, e che prima di esprimersi e di fissarsi in questi, consiste nell'animo e nella forma di consapevolezza, nella quale gli operatori resero conto a sé dei motivi dell'opera loro propria. Cotesto animo, ossia cotesta consapevolezza, è spesso incongrua alle cause che noi ora siamo in grado di scovrire e di fissare; in guisa che gli operatori ci appaiono come involti in un circolo di illusioni. Spogliare i fatti storici di tali involucri, che i fatti stessi investono mentre essi si svolgono, gli è fare una nuova critica delle fonti, nel senso realistico della parola, e non in quello formale del documento: gli è, insomma, far reagire sulla notizia delle condizioni passate la consapevolezza di cui noi ora siamo capaci, per poi ricostruire quelle nuovamente dal fondo.

Ma cotesta revisione delle fonti direttissime, mentre segna l'estremo limite di autocoscienza storica cui si possa mai giungere, può essere occasione a cadere in un grave errore. Perché, come noi ci collochiamo in un punto di vista, che sta di là dalle vedute ideologiche, per virtù delle quali gli attori della storia ebbero coscienza dell'opera loro, e nelle quali trovarono assai spesso e i moventi e la giustificazione all'operare, noi potremmo incorrere nella erronea opinione, che quelle vedute ideologiche fossero una pura parvenza, un semplice artifizio, una mera illusione, nel senso volgare di questa parola. Martino Lutero, per venire ad un esempio, come gli altri grandi riformatori suoi contemporanei, non seppe mai, come ora sappiamo noi, che il moto della Riforma fosse uno stadio del divenire del terzo stato, e una ribellione economica della nazionalità tedesca contro lo sfruttamento della corte papale. Egli fu quello che fu, come agitatore e come politico, perché fu tutt'uno con la credenza che gli facea apprendere il moto di classi, che dava impulso all'agitazione, quale ritorno al vero cristianesimo, e come una divina necessità nel corso volgare delle cose. Lo studio degli effetti a scadenza non breve, e cioè il corroborarsi della borghesia di città contro i signori feudali, e il crescere della signoria territoriale dei principii a spese del potere interterritoriale e sopraterritoriale dell'imperatore e del papa, la violenta repressione del movimento dei contadini e di quello più esplicitamente proletario degli Anabattisti, ci permettono ora di rifare la storia genuina delle cause economiche della Riforma; specie in quanto riuscì, il che è la riprova massima. Ma ciò non vuol dire, che a noi sia dato di distrarre il fatto accaduto dal modo del suo accadimento, e di discioglierne la integralità circonstanziale per via di una analisi postuma, che riesca affatto soggettiva e semplicistica. Le cause intime, o, come si direbbe ora, i motivi profani e prosaici della Riforma ci appariscono più chiari in Francia ove essa per l'appunto non riuscì vittoriosa; e chiari ancora nei Paesi Bassi, ove, oltre alle differenze di nazionalità, vengono in piena evidenza nella lotta con la Spagna i contrasti degli interessi economici; e chiarissime infine in Inghilterra, dove la rinnovazione religiosa, verificatasi per le vie della violenza politica, mette in piena luce il trapasso in quelle condizioni, che sono per la borghesia moderna i prodromi del capitalismo. Post factum, e a lunga scadenza di non premeditati effetti, la storia dei moventi effettivi, che furono le cause intime della Riforma, in gran parte insapute agli attori stessi, apparisce chiara. Ma che il fatto accadesse come precisamente accadde, che assumesse quelle determinate forme, che si vestisse di quella veste, che si colorisse di quel colore, che movesse quelle passioni, che si esplicasse in quel fanatismo: in ciò consiste la specificata circostanzialità sua, che nessuna presunzione di analisi può fare non fosse quale fu. Solo l'amore del paradosso, inseparabile sempre dallo zelo degli appassionati divulgatori di una dottrina nuova, può avere indotto alcuni nella credenza, che tanto a scriver la storia bastasse di mettere in evidenza il solo momento economico (spesso non accertato ancora, e spesso non accertabile affatto), per poi buttar giù tutto il resto come inutile fardello, di cui gli uomini si fossero caricati a capriccio; come accessorio, in somma, o come semplice bagattella o a dirittura come un non-ente.

Per tale avvertenza, che la storia, cioè, bisogna intenderla tutta integralmente, e che in essa nocciolo e scorza fanno uno, come Goethe diceva delle universe cose, tre illazioni ci si fanno palesi.

In primo luogo è chiaro, che nel campo del determinismo storico-sociale la mediazione dalle cause agli effetti, dalle condizioni ai condizionati, dai precedenti alle conseguenze, non è mai evidente alla prima, alla stessa guisa come tutti cotesti rapporti non son mai evidenti alla prima nel determinismo soggettivo della psicologia individuale. In questo secondo campo fu già da gran tempo cosa relativamente agevole per la filosofia astratta e formale di ritrovare, passando sopra a tutte le fole del fatalismo e del libero arbitrio, la evidenza del motivo in ogni volizione, perché, insomma, tanto è volere quanto è motivata determinazione. Ma più in giù dei motivi e del volere sta la genesi di quelli e di questo, e a rifare cotesta genesi ci occorre di uscire dal rinchiuso campo della coscienza per arrivare all'analisi dei semplici bisogni, i quali per un verso derivano dalle condizioni sociali, e per un altro si perdono nell'oscuro fondo delle disposizioni organiche, fino alla discendenza e all'atavismo. Non altrimenti accade nel determinismo storico; dove allo stesso modo si comincia appunto dai motivi, poniamo religiosi, politici, estetici, passionali e così via, ma poi occorre di tali motivi ritrovar le cause nelle condizioni di fatto sottostanti. Ora lo studio di queste condizioni deve esser tanto specificato, che rimanga da ultimo chiarito, non solo che esse son le cause, ma per qual mediazione arrivino a quella forma, per la quale si rivelano alla coscienza come motivi, la cui origine è spesso obliterata.

E per ciò torna evidente questa seconda illazione, che, cioè, nella nostra dottrina non si tratta già di ritradurre in categorie economiche tutte le complicate manifestazioni della storia, ma si tratta solo di spiegare in ultima istanza (Engels) ogni fatto storico per via della sottostante struttura economica (Marx): la qual cosa importa analisi e riduzione, e poi mediazione e composizione.

Resulta da ciò, in terzo luogo, che per procedere dalla sottostante struttura all'insieme configurativo di una determinata storia, occorre il sussidio di quel complesso di nozioni e di conoscenze, che può dirsi, in mancanza d'altro termine, psicologia sociale. Né intendo con ciò di alludere alla fantasticata esistenza di una psiche sociale, né alla escogitazione di un preteso spirito collettivo, che per proprie leggi, indipendenti dalla coscienza degl'individui e dai loro materiali ed assegnabili rapporti, si esplichi e manifesti nella vita sociale. Cotesto è misticismo schietto. Né intendo di riferirmi a quei tentativi di generalizzazione combinatoria, pei quali furono scritti dei trattati di psicologia sociale, la cui idea è questa: trasferire ed applicare ad un escogitato soggetto, che si chiama la coscienza sociale, le categorie e le forme accertate della psicologia individuale. E non voglio nemmeno alludere a quel coacervo di denominazioni semiorganiche e semipsicologiche, per cui l'ente società, alla maniera dello Schäffle, acquista, e cervello, e midollo spinale, e sensibilità, e sentimento, e coscienza, e volontà e così via. Ma intendo di parlar di cosa più modesta e prosaica; ossia di quelle concrete e precise forme di spirito, per cui ci appaiono così fatti com'erano i plebei di Roma di una determinata epoca, o gli artigiani di Firenze di quando scoppiò il moto dei Ciompi, o quei contadini di Francia, nei quali s'ingenerò, secondo l'espressione di Taine, l'anarchia spontanea dell'89, quei contadini, che divenuti poi liberi lavoratori e piccoli proprietarii, o aspiranti alla proprietà, da vincitori oltre i confini a breve andare si trasformarono in automatici istrumenti della reazione. Cotesta psicologia sociale, che nessuno può ridurre in astratti canoni, perché nella più parte dei casi è di sola descrittiva, è ciò che gli storici narratori, e gli oratori e gli artisti, e i romanzieri e gli ideologi di ogni maniera fino ad ora videro e conobbero come esclusivo oggetto di loro studio e delle loro invenzioni. A cotesta psicologia, che è la specificata coscienza degli uomini in date condizioni sociali, si riferiscono e si appellano gli agitatori, gli oratori, i diffonditori di idee. Noi sappiamo che essa è il portato, il derivato, l'effetto di determinate condizioni di fatto; - questa determinata classe, in questa determinata situazione per gli ufficii che adempie, per la soggezione in cui è tenuta, per la padronanza che esercita; - e poi classe, ed ufficii, e soggezione, e padronanza suppongono questa o quella determinata forma di produzione e di distribuzione dei mezzi immediati della vita, ossia una specifica struttura economica. Cotesta psicologia sociale, di sua natura sempre circostanziale, non è l'espressione del processo astratto e generico del così detto spirito umano. E' sempre formazione specificata di specificate condizioni.

Per noi sta, cioè, indiscusso il principio, che non le forme della coscienza determinano l'essere dell'uomo, ma il modo d'essere appunto determina la coscienza (Marx). Ma queste forme della coscienza, come son determinate dalle condizioni di vita, sono anch'esse la storia. Questa non è la sola anatomia economica, ma tutto quello insiememente, che cotesta anatomia riveste e ricovre, fino ai riflessi multicolori della fantasia. O, a dirla altrimenti, non c'è fatto della storia che non ripeta la sua origine dalle condizioni della sottostante struttura economica; ma non c'è fatto della storia che non sia preceduto, accompagnato e seguito da determinate forme di coscienza, sia questa superstiziosa o sperimentata, ingenua o riflessa, matura o incongrua, impulsiva o ammaestrata, fantastica o ragionante.

IV.

Dicevo, qui poco innanzi, che la nostra dottrina obiettivizza, in un certo senso naturalizza la storia, invertendone la spiegazione dai dati alla prima evidenti delle volontà operanti a disegno, e delle ideazioni ausiliari all'opera, alle cause e ai moventi del volere e dell'operare, per trovar poi la coordinazione di tali cause e moventi nei processi elementari della produzione dei mezzi immediati della vita.

Ora in cotesto termine del naturalizzare si cela per molti una forte seduzione a confondere questo ordine di problemi con un altro ordine di problemi; e, cioè, ad estendere alla storia le leggi e i modi del pensiero, che parvero già appropriati e convenienti allo studio ed alla spiegazione del mondo naturale in genere e del mondo animale in ispecie. E perché il darwinismo è riuscito ad espugnare, col principio del trasformismo della specie, l'ultima cittadella della fissità metafisica delle cose, onde poi gli organismi diventan per noi le fasi ed i momenti di una vera e propria storia naturale, è parso a molti fosse ovvia e semplice impresa quella di assumere a spiegazione del divenire e del vivere umano storico i concetti, e i principii, e i modi di vedere cui venne subordinata la vita animale, che per le condizioni immediate della lotta per l'esistenza si svolge negli ambiti topografici della terra non modificati da opera di lavoro. Il darwinismo politico e sociale ha invaso, a guisa di epidemia, per non breve corso di anni, le menti di parecchi ricercatori, e assai più degli avvocati e dei declamatori della sociologia, ed è venuto a riflettersi, quale abito di moda e qual corrente fraseologica, perfino nel linguaggio cotidiano dei politicanti.

Qualcosa di immediatamente evidente e di intuitivamente plausibile pare, a prima vista, ci sia in cotesto modo di ragionare; il quale, poi, si contraddistingue principalmente per l'abuso dell'analogia, e per la fretta del conchiudere. L'uomo è senza dubbio un animale, ed è legato da rapporti di discendenza e di affinità ad altri animali. Non ha privilegio di origine, nè di struttura elementare, ed il suo organismo non è, se non un caso particolare della fisiologia generale. Il suo primo ed immediato terreno fu quello della semplice natura, non modificata da artificio di lavoro; e da ciò derivarono le condizioni imperiose ed inevitabili della lotta per l'esistenza, con le conseguenti forme di accomodazione. Di qui ebbero origine le razze, nel vero e genuino senso della parola, in quanto, cioè, sono determinazioni immediate di neri, di bianchi, di ulotrici, di lissotrici e cosi via, e non formazioni secondarie storico-sociali, ossia i popoli e le nazioni. Di qui i primitivi istinti di socialità, e, per entro al modo di vivere in promiscuità, i primi rudimenti della selezione sessuale.

Ma dell'uomo ferus primaevus, che possiamo ricostruirci in fantasia per combinazione di congetture, non è dato a noi di avere una empirica intuizione; come non ci è dato di determinare la genesi di quel hiatus, ossia di quella discontinuità, per la quale l'uman genere s'è trovato come distaccato dal vivere degli animali, e poi in seguito sempre superiore a questo. Tutti gli uomini, che ora vivono su la superficie della terra, e tutti quelli che vissutici in passato formarono oggetto di qualche apprezzabile osservazione, trovansi e trovavansi un buon tratto in qua dal momento in cui il vivere puramente naturale era cessato. Un qualche abito di convivenza, che sa di costume e d'istituzione, sia pur quello della forma più elementare a noi ora nota, ossia della tribù australiana, divisa in classi e col connubio di tutti gli uomini di una classe con tutte le donne di un'altra classe, distacca a grande intervallo il vivere umano dal vivere animale. A venire più in qua nella considerazione della gens materna, il cui tipo classico irocchese ha per opera del Morgan rivoluzionata la preistoria, dandoci al tempo stesso la chiave delle origini della storia propriamente detta, noi ci troviamo in una forma di società già di molto avanzata per complessità di rapporti. Ora nel grado di convivenza, che nel giro delle nostre conoscenze ci apparisce come elementarissimo, ossia nell'australiano, non solo la lingua assai complicata differenzia gli uomini da tutti gli altri animali (e lingua vuol dire condizione ed istrumento, causa ed effetto di socialità), ma la specificazione del vivere umano, oltre che per la scoverta del fuoco, è fissata nell'uso di molti altri mezzi artificiali per provvedere alla vita. Un ambito di terreno acquisito al girovagare di una tribù - un modo di cacciare - l'uso perfetto di certi istrumenti da difendersi, e da ferire, e il possesso di certi utensili da conservare le cose acquistate - e poi l'ornamento del corpo, e così via: - cioè, in fondo, quella vita poggia sopra un terreno artificiale, per quanto elementarissimo, sul quale gli uomini si provano di fissarsi e di adagiarsi, sopra un terreno che è alla fin fine la condizione di ogni ulteriore sviluppo. Secondo che questo terreno artificiale è più o meno formato, gli uomini che l'han prodotto e ci vivon su, si dicon più o meno selvaggi o barbari: e in quella prima formazione consiste ciò che di solito chiamiamo preistoria.

La storia, secondo l'uso letterario della parola, e cioè quella parte del processo umano che ha precisa consistenza di tradizione nella memoria, comincia quando il terreno artificiale è già un buon tratto formato. Ad esempio: la canalizzazione della Mesopotamia, ed eccoti l'antica Babilonide presemitica; - la derivazione del Nilo a scopo di coltura dei campi, ed eccoti l'antichissimo Egitto hamitico. Su cotesto terreno artificiale, che apparisce all'estremo orizzonte della storia ricordata, non vissero come non vivono ora, masse informi d'individui, ma consociazioni organate, che ripeteano come ripetono ora l'organamento loro da distribuzione di ufficii, ossia di lavoro, e da conseguenti ragioni e modi di coordinazione e di subordinazione. Tali relazioni, e vincoli, e modi di vita non resultarono, come non resultano, da ripetizione e fissazione di abiti sotto l'azione immediata della lotta animale per l'esistenza. Anzi suppongono il ritrovamento di certi istrumenti, e p. e. l'addomesticazione di certi animali, e la lavorazione dei minerali fino al ferro, l'introduzione della schiavitù, e così via, istrumenti e modi di economia, che prima differenziarono le comunanze le une dalle altre, e poi differenziarono nelle comunanze i componenti loro. In altre parole, le opere degli uomini, in quanto congregati, reagirono su gli uomini stessi. I loro trovati ed invenzioni, creando modi di vivere supernaturali, produssero non solo abiti e costumanze (vestimento, mangiare cucinato e simili) ma rapporti e vincoli di coesistenza, proporzionati e congrui al modo di produrre e di riprodurre i mezzi della vita immediata.

Quando la storia tramandata per memoria incomincia, l'economia è già nel suo funzionamento. Gli uomini lavorano per l'esistenza sopra di un campo, che fu in gran parte modificato dall'opera loro, e con istrumenti che sono del tutto opera loro. E da quel punto in poi hanno lottato per la posizione eminente degli uni su gli altri nell'uso di tali mezzi artificiali; e cioè, hanno lottato fra loro, in quanto servi e padroni, sudditi e signori, conquistati e conquistatori, sfruttati e sfruttatori; e dove han progredito, e dove han regredito, e dove si sono arrestati in una forma che non furon più capaci di superare, ma non son mai più ritornati al vivere animale, con la completa perdita del terreno artificiale.

Dunque la scienza storica ha per suo primo e principale oggetto la determinazione e la ricerca del terreno artificiale, e della sua origine e composizione, e del suo alterarsi e trasformarsi. Dire che tutto ciò non è se non parte e prolungamento della natura, è dir cosa, che per esser troppo astratta e generica, in fin delle fini conchiude poco.

Il genere umano vive soltanto nelle condizioni telluriche, e non è chi possa supporlo trapiantato altrove. In tali condizioni esso ha trovato, dalle primissime origini fino ai giorni nostri, i mezzi immediati allo sviluppo del lavoro, e cioè dire, così al progresso materiale, come alla sua formazione interiore. Tali condizioni naturali furono e son sempre indispensabili, così alla sporadica cultura dei nomadi, che coltivano qualche volta la terra per il solo pascolo degli animali, come ai raffinati prodotti della intensiva orticoltura moderna. Tali condizioni telluriche, come offersero le varie sorti di pietra atte alla lavorazione delle prime armi, così offrono ora nel carbon fossile l'alimento della grande industria; come offersero alle prime genti i giunchi ed i vimini da intessere, così offrono ora tutti i mezzi da cui derivasi la complicata tecnica della elettricità.

Non son però i mezzi naturali, essi stessi, che sian progrediti; anzi son gli uomini soltanto che progredirono, ritrovando via via nella natura le condizioni per produrre in nuove e sempre più complesse forme, per via del lavoro accumulato che è l'esperienza. Né questo progresso è quello solo che intendono i soggettivisti della psicologia, cioè una modificazione interiore, che sarebbe sviluppo proprio e diretto dell'intelletto, della ragione e del pensiero. Anzi è tale progresso interiore solo una linea secondaria e derivata, in quanto che c'è già progresso nel terreno artificiale, che è la somma dei rapporti sociali resultanti dalle forme e spartizioni del lavoro. Sarebbe per ciò vuota di senso l'affermazione, che tutto ciò non sia se non un semplice prolungamento della natura; se pure non si vuole usare cotesta parola nel senso tanto generico, da non indicare più nulla di preciso e di distinto, come è ciò che intendiamo per diverso dal fatto dell'uomo progressivamente operante.

La storia è il fatto dell'uomo, i quanto che l'uomo può creare e perfezionare i suoi istrumenti di lavoro, e con tali istrumenti può crearsi un ambiente artificiale, il quale poi reagisce nei suoi complicati effetti sopra di lui, e così com'è, e come via via si modifica, è l'occasione e la condizione del suo sviluppo. Mancano per ciò tutte le ragioni per ricondurre questo fatto dell'uomo, che è la storia, alla pura lotta per l'esistenza; la quale, se raffina ed altera gli organi degli animali, e in date circostanze e in dati modi occasiona il generarsi e lo svolgersi di organi nuovi, non produce però quel moto continuativo, perfezionativo e tradizionale che è il processo umano. Non c'è luogo qui, nella nostra dottrina, né a confondersi col darwinismo, né a rievocare la concezione di una qualunque forma, o mitica, o mistica, o metaforica di fatalismo. Perché, se è vero che la storia poggia innanzi tutto su lo svolgimento della tecnica; e, cioè dire, se è vero, che per effetto del successivo ritrovamento degli istrumenti si generarono le successive spartizioni del lavoro, e con queste poi le disuguaglianze, nel cui concorso più o meno stabile consiste il così detto organismo sociale, gli è altrettanto vero che il ritrovamento di tali istrumenti è causa ed effetto ad un tempo stesso di quelle condizioni e forme della vita interiore, che noi, isolandole nella astrazione psicologica, chiamiamo fantasia, intelletto, ragione, pensiero e cosi via. Producendo successivamente i vani ambienti sociali, ossia i successivi terreni artificiali, l'uomo ha prodotto in pari tempo le modificazioni di se stesso; e in ciò consiste il nocciolo serio, la ragione concreta, il fondamento positivo di ciò che, per varie combinazioni fantastiche e con varia architettura logica, dà luogo presso gli ideologisti alla nozione del progresso dello spirito umano.

Nondimeno l'espressione del naturalizzare la storia, che intesa in senso troppo lato e generico può dare occasione agl'indicati equivoci, quando venga invece usata con la debita cautela e in modo approssimativo, compendia in breve la critica di tutte le vedute ideologiche, le quali nella interpretazione della storia partono dal presupposto, che opera o attività umana sia la stessa cosa che arbitrio, elezione e disegno.

Ai teologi tornava facile e comodo di ricondurre il corso delle cose umane ad un piano o disegno, perché saltavano a piè pari dall'esperienza ad una mente presunta che regoli l'universo. I giuristi, che ebbero per primi occasione a ritrovare nelle istituzioni che formano oggetto dei loro studii un certo filo conduttore di forme che si succedono con una qualche evidenza, trasferirono, come trasferiscono tutt'ora senza grande imbarazzo, la ragion ragionante, che è il loro mestiere, alla spiegazione di tutta la vasta materia sociale, che è tanto complicata. I politici, i quali piglian naturalmente le mosse loro dall'esperienza di ciò che i direttori dello stato, o per l'acquiescenza delle masse soggette, o profittando delle antitesi degl'interessi dei vani gruppi sociali, possono volere ed eseguire a disegno, di proposito e con intenzione, sono inclinati a vedere nel succedersi delle cose umane soltanto il variare di tali disegni, propositi ed intenzioni. Ora la nostra concezione, rivoluzionando nei fondamenti le presupposizioni dei teologi, dei giuristi e dei politici, mette capo all'assunto, che opera ed attività umana in genere non è sempre una medesima cosa, nel corso della storia, con la volontà che operi a disegno, con piano preconcetti, e con la libera scelta dei mezzi; ossia non è una e medesima cosa con la ragion ragionante. Tutto ciò che è accaduto nella storia è opera dell'uomo; ma non fu né è, se non assai di rado, di elezione critica, e di arbitrio ragionante; ma anzi fu ed è di necessità, che, determinata dai bisogni e dalle occasioni esterne, genera esperienza e sviluppo di organi interni e d esterni. Tra questi organi sono anche l'intelletto e la ragione, resultati e conseguenze anch'essi di esperienza ripetuta ed accumulata. La formazione integrale dell'uomo, per entro allo sviluppo storico, non è oramai più un dato ipotetico, né una semplice congettura; ma è una verità intuitiva e palmare. Le condizioni del processo che genera progresso sono oramai riducibili in serie di spiegazioni; e noi, fino ad un certo punto, abbiamo come sott'occhi lo schema di tutti gli sviluppi storici morfologicamente intesi. Questa dottrina è la negazione recisa e definitiva di ogni ideologia, perché è la negazione esplicita d'ogni forma di razionalismo; intendendosi sotto cotal nome il preconcetto, che le cose nella loro esistenza ed esplicazione rispondano ad una norma, ad un ideale, ad una stregua, ad un fine in modo esplicito o implicito che siasi. Tutto il corso delle cose umane è una somma, anzi è tante serie di condizioni, che gli uomini si son fatte e poste da sé per la esperienza accumulata nella variabile convivenza sociale; ma non presenta, né l'approssimazione ad una presegnata meta, né la deviazione da un primo principio di perfezione e di felicità. Il progresso stesso non implica se non la nozione di cosa empirica e circostanziata, che presentemente piglia chiarezza e precisione nelle nostre menti, perché, per lo sviluppo finora avveratosi, noi siamo in grado di valutare il passato, e di prevedere, ossia d'intravedere in un certo senso e in una certa misura, l'avvenire.

V.

Per cotal modo un grave equivoco rimane chiarito, e il pericolo che ne deriva viene ad esser rimosso. Ragionevole e fondata è la tendenza di coloro i quali mirano a subordinare tutto l'insieme delle cose umane, considerate nel loro corso, alla rigorosa concezione del determinismo. Priva, all'incontro, d'ogni fondamento è la identificazione di tale determinismo derivato, riflesso e complesso, con quello della immediata lotta per l'esistenza, la quale si eserciti e si svolga sopra un campo non modificato da opera continuativa di lavoro. Legittima e fondata, in modo assoluto, è la spiegazione storica, la quale proceda invertendo dai presunti voleri a disegno, che avrebbero regolato di proposito le fasi varie della vita, ai moventi ed alle cause obiettive di ogni volere, che son da ritrovare nelle condizioni di ambiente, di terreno, di mezzi disponibili, di circostanzialità della esperienza. Ma è, invece, priva di qualsiasi fondamento quella opinione, la quale mira alla negazione di ogni volontà, per via di una veduta teoretica, che vorrebbe sostituito al volontarismo l'automatismo; anzi questa è al postutto una semplice e schietta fatuità.

Dovunque i mezzi tecnici siano sviluppati fino ad un certo punto, dovunque il terreno artificiale abbia acquistata una certa consistenza e dovunque le differenziazioni sociali e le antitesi che ne conseguitano abbiano creato, e il bisogno, e la possibilità, e le condizioni di un organamento più o meno stabile od instabile, ivi sempre e necessariamente spuntan fuori i meditati disegni, i propositi politici, i piani di condotta, i sistemi di diritto, e poi le massime e i principii generali ed astratti. Nell'ambito di tali prodotti e di tali sviluppi derivati e complessi, e dirò di secondo grado, nascono anche le scienze, e le arti, e la filosofia, e la erudizione e la storia come genere letterario di produzione. Cotesto ambito è quello dei razionalisti ed ideologi, ignorandone i fondamenti reali, chiamarono e chiamano tuttora, in modo esclusivo, la civiltà. Perché, di fatti, si è dato e si dà il caso, che alcuni uomini, e soprattutto gli addottrinati di mestiere, fossero essi laici o preti, trovassero e trovino modo di vivere intellettualmente nella chiusa cerchia dei prodotti riflessi e secondarii della civiltà, e potessero e possano poi sottoporre tutto il resto alla veduta soggettiva, che essi in tale situazione si formano: e in ciò è la origine e la spiegazione di ogni ideologia. La nostra dottrina ha superato in modo definitivo l'angolo visuale di qualsiasi ideologia. I meditati disegni, i propositi politici, le scienze, i sistemi di diritto e così via, anzi che essere il mezzo e l'istrumento della spiegazione della storia, sono appunto la cosa che occorre di spiegare; perché derivano da determinate condizioni e situazioni. Ma ciò non vuol dire che siano mere apparenze, e bolle di sapone. L'esser quelle delle cose divenute e derivate da altre non implica che non sian cose effettuali: tanto è che son parse per secoli alla coscienza non scientifica, e alla coscienza scientifica ancora in via di formazione, le sole che veramente fossero.

Ma con ciò non è detto tutto.

Anche la nostra dottrina può dar luogo alla tentazione del fantasticare, e può offrire occasione ed argomento ad una nuova ideologia a rovescio. Essa è nata nel campo di battaglia del comunismo. Suppone l'apparizione del proletariato moderno su l'arena politica, e suppone quella orientazione, su le origini della società attuale, che ci ha permesso di rifare criticamente tutta la genesi della borghesia. E' dottrina rivoluzionaria per due rispetti: perché ha trovato le ragioni e i modi di sviluppo della rivoluzione proletaria, che è in fieri; e perché, di ogni altra rivoluzione sociale avveratasi in passato, si argomenta di trovare le cause e le condizioni di svolgimento in quei contrasti di classe, i quali giunsero ad un certo punto critico per la contraddizione tra le forme della produzione e lo sviluppo delle forze produttive. E c'è poi dell'altro. Alla luce di questa dottrina l'essenziale della storia consiste per l'appunto in tali momenti critici, e ciò sta di mezzo tra l'uno e l'altro di cotesti momenti si fa conto, almeno per ora, di abbandonarlo alle erudite cure dei narratori ed espositori di mestiere. Come dottrina rivoluzionaria è essa innanzi tutto la coscienza intellettuale del moto proletario presente, nel quale secondo l'assunto nostro, si prepara di lunga mano l'avvento del comunismo: tanto è, che i decisi avversari del socialismo la respingono come opinione, che, sotto apparenze di scienza, non faccia che ripetere la ben nota utopia socialistica.

Per tale condizione di cose può darsi bene il caso, e di fatti s'è pur già dato in parte, che la fantasia degl'inesperti d'ogni arte di ricerca storica, e lo zelo dei fanatici, trovi stimolo ed occasione perfino nel materialismo storico a foggiare una nuova ideologia, e a trarre da esso una nuova filosofia della storia sistematica, cioè schematica, ossia a tendenza e a disegno. Né c'è cautela che basti. L'intelletto nostro raramente s'appaga della ricerca schiettamente critica, ed è sempre propenso a convertire in elemento di pedanteria ed in novella scolastica qualunque trovato del pensiero. A farla breve, anche la concezione materialistica può essere convertita in forma di argomentazione a tesi, e servire a rimettere in nuove fogge pregiudizii antichi; come era quello di una storia dimostrata, dimostrativa e dedotta.

Perché ciònon accada, e specie perché non riapparisca per vie indirette e per modi dissimulati una qualunque forma di finalità, su due punti bisogna essere in chiaro: e cioè dire, che le condizioni storiche a noi note son tutte circostanziate; e che il progresso fu fino ad ora circoscritto da molteplici impedimenti, e per ciò fu sempre parziale e limitato.

Una parte sola, e fino ai tempi recentissimi una parte non grande del genere umano ha per intero percorso gli stadii tutti del processo, per effetto del quale le nazioni più progredite son giunte alla società civile moderna, con le forme di avanzata tecnica fondate su le scoverte della scienza, e con tutte le conseguenze politiche, intellettuali, morali e così via, che a tale sviluppo sono rispettive e consentanee. Accanto agl'inglesi - tanto per accennare all'esempio più stridente - che, trasportando seco nella Nuova Olanda i mezzi europei, vi han creato un centro di produzione, che già tiene un posto notevole nella concorrenza del mercato mondiale, vivono tuttora come fossili della preistoria gl'indigeni australiani, capaci solo di estinguersi, ma incapaci di adattarsi alla civiltà, che fu non sopra di essi ma accanto ad essi importata. Nell'America, e specie in quella del Nord, la serie dei procedimenti che vi han dato luogo allo sviluppo della società moderna, cominciò con la importazione dall'Europa delle piante, degli animali e degl'istrumenti dell'agricoltura, il cui uso ab antico avea ingenerato la secolare civiltà del Mediterraneo: ma tal moto rimase tutto rinchiuso nella cerchia dei discendenti dei conquistatori e dei coloni, mentre gli indigeni, o si disperdono nella massa di nuova formazione, per le vie naturali della mistura di razza, o deperiscono e spariscono affatto. L'Asia anteriore e l'Egitto, che già in tempi antichissimi, come prima culla di tutta la nostra civiltà, dettero luogo alle grandi formazioni semipolitiche, le quali seguono le prime fasi della storia accertata e ricordata, ci appaiono da secoli come le cristallizzazioni di forme sociali incapaci di muoversi da sè per nuove fasi di sviluppo. Sta sopra di loro la secolare pressione del barbarico accampamento, che è la dominazione turca. In quella massa irrigidita, o s'incunea per dissimulate vie una amministrazione alquanto ammodernizzata, o in nome esplicito degl'interessi commerciali s'insinuano la ferrovia ed il telegrafo, avamposti coraggiosi della conquistatrice banca europea.

Tutta quella massa irrigidita non ha speranza di ripigliar vita, calore e movimento, se non per la rovina della dominazione turca, cui si vada surrogando, nei diversi possibili modi di conquista diretta o indiretta, la signoria o il protettorato della borghesia europea. Che un processo di trasformazione dei popoli arretrati, o arrestatisi nel loro cammino, possa avverarsi ed affrettarsi per esterni influssi, sta lì l'India a provarlo, che già vivace ancora di sua propria vita, sotto l'azione poi dell'Inghilterra rientra ora con vigore nella circolazione della operosità internazionale, per fino nei suoi prodotti intellettuali. Né sono questi i soli contrasti nella fisionomia storica dei contemporanei. Ecco, mentre lì nel Giappone, per un fenomeno acuto e spontaneo di imitazione, si sviluppa in men di trent'anni una certa relativa assimilazione della civiltà occidentale, che muove già normalmente le energie proprie del paese stesso, il diritto e l'imposizione della conquista russa trae nella cerchia della industria moderna, e anzi della grande industria, qualche punto notevole dei paesi oltre il Caspio. La mole gigantesca della Cina ci è apparsa fino a pochi anni fa quasi immobile nell'atavistico assetto delle sue istituzioni, tanto vi è lento ogni movimento: mentre, per ragioni etniche e geografiche, quasi tutta l'Africa rimaneva impermeabile, e, fino agli ultimi tentativi di conquista e di colonizzazione, pareva non dovesse offrire all'azione della civiltà, che il solo suo perimetro, come fossimo, non che ai tempi dei portoghesi, a quelli dei greci e dei cartaginesi.

Tali differenziazioni degli uomini, sul cammino della storia e della preistoria, ci paiono spiegabilissime, quando c'è modo di ricondurle alle condizioni naturali ed immediate, che impongano limiti allo sviluppo del lavoro. Questo è il caso dell'America, la quale, fino alla apparizione degli europei, non avea che una sola granaglia, il mais, e un solo animale addomesticabile ad uso di lavoro, il lama: e noi possiamo rallegrarci, che gli europei, importandovi con se stessi e coi loro istrumenti il bue, e l'asino, e il cavallo, e il frumento, e il cotone e la canna da zucchero e il caffè, e da ultimo la vite e l'arancio, v'abbiano creato un nuovo mondo della gloriosa società che produce le merci, la quale, con inaudita rapidità di moto, vi ha già percorso le due fasi della più nera schiavitù e del più democratico salariato. Ma là dove c'è stato un vero arresto, e anzi un documentato regresso, come nell'Asia anteriore, nell'Egitto, nella penisola dei Balcani e nell'Africa settentrionale, e tale arresto non può attribuirsi al differenziarsi delle condizioni naturali, ivi noi ci troviamo dinanzi ad un problema, che aspetta la soluzione sua dallo studio diretto ed esplicito della struttura sociale, guardata così nei modi interni del suo divenire, come negl'intrecci e nelle complicazioni dei varii popoli, su quel terreno che più ordinariamente dicesi arena delle lotte storiche.

Questa stessa Europa civile, che per continuità di tradizione presenta lo schema più completo di processo, tanto che su cotesto modello furono ideati e fino ad ora costruiti tutti i sistemi di filosofia storica; questa stessa Europa occidentale e mediana, che ha prodotto l'epoca dei borghesi, e tale forma di società ha cercato e cerca d'imporre a tutto il mondo, con vari modi di conquista diretta o indiretta, non è tutta uniforme in sé, nel grado di suo sviluppo, e le sue diverse conglomerazioni nazionali, regionali e politiche appaiono come distribuite sopra di una scala di molto graduata. Da tali differenze dipendono le condizioni di relativa superiorità od inferiorità di paese a paese, e le ragioni più o meno vantaggiose o svantaggiose dello scambio economico; e di qui per la più parte dipesero, come tuttora dipendono, e gli attriti, e le lotte, e i trattati e le guerre, e quanto altro mai, con maggiore o con minor precisione, seppero narrarci gli storici politici dalla Rinascenza in qua, e certo con cresciuta evidenza da Luigi XIV e da Colbert in poi.

Questa Europa stessa è assai variopinta. Ecco qui la fioritura massima della produzione industriale e capitalistica, cioè dire in Inghilterra; e in altri punti vive, o rigoglioso o rachitico, l'artigianato, come da Parigi a Napoli, tanto per cogliere il fatto nei suoi estremi. Qui la campagna è quasi per intero industrializzata, com'è di nuovo in Inghilterra; ed ecco che altrove vegeta, in molteplici forme tradizionali, l'idiotico contadiname, come in Italia ed in Austria, anzi in questo paese più che da noi. Mentre in un paese l'azienda politica dello stato - come si conviene alla prosaica coscienza di una borghesia, che sa il fatto suo, perché il posto che tiene se l'è veramente conquistato da sè - viene esercitata nei modi più sicuri e palesi di un esplicito dominio di classe (non è chi non intenda che parlo della Francia); altrove, e segnatamente in Germania, le vecchie abitudini feudali, l'ipocrisia protestante, e la viltà di una borghesia che sfrutta le favorevoli contingenze economiche senza portarci dentro, né spirito, né coraggio rivoluzionario, mantengono all'ente stato le mentite apparenze di una missione etica da compiere (- oh zucconi e parrucconi di professori tedeschi, in quante salse poco appetitose e digeribili avete voi cucinata cotesta etica dello stato, prussiano per giunta! -). Qua e là la produzione moderna capitalistica s'incunea nei paesi, che per altri rispetti non entrano nel nostro movimento, e specie in quello della politica, come è il caso della infelice Polonia; ovvero tal forma s'insinua solo per indiretto, come nella Slavia meridionale.

Ma ecco qui il contrasto più acuto, che pare destinato a metterci come in compendio sott'occhi tutte le fasi anzi gli estremi della nostra storia. La Russia non ha potuto avviarsi, come ora di fatto si avvia, alla grande industria, se non pompando dall'Europa occidentale, e specie dal grazioso sciovinismo francese, quel danaro, che essa invano si sarebbe provata a trarre da se stessa, ossia dalle condizioni della sua obesa massa territoriale, su la quale, con vecchie forme economiche, vegetano cinquanta milioni di contadini. Ora la Russia, per diventare una società economicamente moderna, il che probabilmente vi prepara le condizioni di una rispondente rivoluzione politica, fu tratta a distruggere gli ultimi avanzi del comunismo agrario, che in essa eransi fino a poco tempo fa conservati in forme tanto caratteristiche, e in tanta estensione: (né qui importa di decidere se quello fosse comunismo primitivo, o secondario, come alcuni ritengono). La Russia deve imborghesirsi e, per far ciò, deve innanzi tutto convertire la terra in merce, che sia capace di produrre merci, e al tempo stesso trasformare in proletarii e pezzenti gli ex-comunisti della campagna. Ed ecco che, invece, nell'Europa occidentale e centrale ci troviamo al punto opposto della serie di sviluppo, che nella Russia comincia appena. Qui da noi, dove la borghesia con varia fortuna, e vincendo impedimenti tanto diversi, ha percorso già tanti stadii del suo sviluppo, non la memoria del comunismo primitivo, che a mala pena rivive per erudite combinazioni nelle teste dei dotti, ma la stessa forma della produzione borghese genera nei proletarii la tendenza al socialismo, che si presenta nei suoi generali contorni come indizio di una nuova fase della storia, e, cioè, non come la ripetizione di ciò che fatalmente finisce nella Slavia sotto agli occhi nostri.

Chi è che non veda in cotesta esemplificazione, che io non ho cercata ad arte, e che anzi m'è venuta quasi a caso e disordinatamente fuori della penna, in cotesta esemplificazione, dico, che può essere indefinitamente prolungata in un libro di geografia economico-politica del mondo attuale, la prova evidente del come le condizioni storiche son tutte circostanziate nelle forme di loro sviluppi? Non solo le razze e i popoli, e le nazioni, e gli stati, ma le parti delle nazioni e le regioni varie degli stati, e poi i ceti e le classi si trovano come su tanti gradini di una assai lunga scala, o anzi su diversi punti di una curva a grande e complicato svolgimento. Il tempo storico non è corso uniforme per tutti gli uomini. Il semplice succedersi delle generazioni non fu mai l'indice della costanza e della intensità del processo. Il tempo come astratta misura di cronologia, e le generazioni succedentisi in termini approssimativi di anni, non dànno criterio né recano indicazione di legge o di processo. Gli sviluppi furono finora varii, perché varie furono le opere compiute in una e medesima unità di tempo. Fra tali forme varie di sviluppo c'è affinità, anzi c'è similarità di moventi, ossia c'è analogia di tipo, ossia c'è omologia: tanto che le forme avanzate possono, per semplice contatto, o con la violenza, accelerare lo svolgimento delle forme arretrate. Ma l'importante è d'intendere, che il progresso, la cui nozione è non solo empirica, ma sempre circostanziata e per ciò limitata, non istà sul corso delle cose umane come un destino od un fato, né qual comando di legge. E per ciò la nostra dottrina non può esser volta a rappresentare tutta la storia dell'uman genere in una veduta comunque prospettica o unitaria, la quale ripeta, mutatis mutandis, la filosofia storica a disegno come da sant'Agostino ad Hegel, o anzi, meglio, dal profeta Daniele al signor De Rougemont.

La nostra dottrina non pretende di essere la visione intellettuale di un gran piano o disegno, ma è soltanto un metodo di ricerca e di concezione. Non a caso Marx parlava della sua scoverta come di un filo conduttore. E per tal ragione appunto è analoga al darwinismo, che anch'esso è un metodo, e non è, nè può essere, una ammodernata ripetizione della costruita e costruttiva Naturphilosophie, a uso Schelling e compagni.

A scorgere nella nozione del progresso la indicazione di qualcosa di circostanziato e di relativo fu primo il geniale Saint-Simon, che tal suo pensiero contrappose alla dottrina del secolo decimottavo, in buona parte culminante in Condorcet. A cotesta dottrina, che potrebbe dirsi unitaria, egalitaria, formale, perché è quella che considera l'uman genere come svolgentesi su di una linea processuale, Saint-Simon contrappose il concetto delle facoltà e delle attitudini, che si surrogano e si compensano; e per tal modo rimase ideologo.

A penetrare le ragioni effettive della relatività del progresso occorreva ben altro. Bisognava innanzi tutto rinunziare a quei pregiudizii, i quali sono impliciti nella credenza, che gl'impedimenti alla uniformità del divenire umano riposino esclusivamente sopra cause naturali ed immediate. Cotesti impedimenti naturali, o sono assai problematici, come è il caso delle razze, nessuna delle quali ha in sé l'ingenito privilegio della storia, o sono, come nel caso delle differenze geografiche, insufficienti a spiegare lo svolgersi di condizioni storico-sociali affatto difformi sopra uno e medesimo terreno topografico. E come il moto storico nasce per l'appunto quando gl'impedimenti naturali furono già in buona parte, o superati, o notevolmente circoscritti per mezzo della creazione di un terreno artefatto, sul quale fosse dato agli uomini di venirsi ulteriormente sviluppando, gli è chiaro perciò, che i consecutivi impedimenti alla uniformità del progresso siano da cercare nelle condizioni proprie ed intrinseche della struttura sociale stessa.

Questa struttura ha messo fino ad ora capo in forme di organamento politico, la cui somma è il tentativo di tenere in equilibrio le disuguaglianze economiche: il che fa, che cotesto organamento, come ho più volte detto, sia di continuo instabile. Da che ci è storia ricordata essa è storia della società che o tende a formare lo stato, o lo stato ha già portato a compimento. E lo stato è la lotta all'interno, o vivamente e in atto, o da poco vinta, o come che siasi per alcun tempo sopita e sedata. E lo stato è anche la lotta all'esterno, o per assoggettare altri popoli, o per colonizzare altri paesi, o per esportare i prodotti sopra altri mercati, o per scaricare la popolazione esuberante, e cosi via. E lo stato è tale lotta all'interno e all'esterno, perché è innanzi tutto l'organo e l'istrumento di una parte più o meno grande della società contro tutto il resto della società stessa, in quanto che questa essenzialmente poggia su la signoria economica degli uomini su gli uomini, in modi più o meno diretti ed espliciti, secondo che il vario grado di sviluppo della produzione e dei suoi mezzi naturali e dei suoi istrumenti artificiali esiga, o la schiavitù immediata, o la servitù della gleba, o il libero salariato. Questa società delle antitesi, che si regge a stato, è sempre, per quanto in varie forme e modi, la opposizione della città e della campagna, dell'artigiano e del contadino, del proletario e del padrone, del capitalista e del lavoratore, e così via da non finirla; e mette sempre capo, con varie complicazioni e modalità, in una gerarchia, o che ciò accada per quadro fisso di privilegio come nel Medioevo, o che, nelle dissimulate forme del diritto presuntivamente eguale per tutti, ciò si avveri per l'azione automatica della concorrenza economica, come è ora.

A cotesta gerarchia economica corrisponde in vario modo nei varii paesi, tempi e luoghi, starei per dire, una gerarchia degli animi, degl'intelletti, degli spiriti. Cioè dire la coltura, nella quale appunto gli idealisti ripongono la somma del progresso, fu ed è per necessità di fatto assai disugualmente distribuita. La maggior parte degli uomini, per la qualità delle cure e delle occupazioni cui attende si trova ad essere come di individui disintegrati, fatti in pezzi, resi incapaci di uno sviluppo completo e normale. Alla economica delle classi, ed alla gerarchia delle situazioni sociali, risponde la psicologia delle classi, La relatività del progresso è per noi, dunque, la conseguenza inevitabile delle antitesi di classe. In queste antitesi sono gl'impedimenti, pei quali rimane spiegata la possibilità del relativo regresso, fin giù giù alla degenerazione e allo sfacelo di una intera società. Le macchine, che segnano il trionfo della scienza, divengono, per le condizioni antitetiche della compagine sociale, gli istrumenti da proletarizzare milioni e milioni di già liberi artigiani e contadini. I progressi della tecnica, che arricchiscono di comodi le città, rendono più misera ed abietta la condizione dei contadini, e nelle città stesse più umile la condizione degli umili. I progressi tutti del sapere servirono fino ad ora a differenziare il ceto degli addottrinati, e a mettere sempre a maggior distanza dalla coltura le masse, che, intese all'incessante lavoro di tutti i giorni, di questo alimentano la società tutta intera.

Il progresso fu ed è fino ad ora parziale ed unilaterale. Le minoranze che vi partecipano dicono sia questo il progresso umano; e i burbanzosi evoluzionisti chiamano ciò natura umana che si svolge. Tutto cotesto progresso parziale, che si è fino ad ora svolto nella pressione degli uomini su gli uomini, ha suo fondamento nelle condizioni di opposizione, per cui le antitesi economiche han generato tutte le antitesi sociali, e dalla relativa libertà di alcuni è nata la servitù di moltissimi; e il diritto è stato l'auspice della ingiustizia. Il progresso visto così, ed appreso nella sua chiara nozione, ci appare come il compendio morale ed intellettuale di tutte le umane miserie, e di tutte le materiali disuguaglianze.

A scovrirvi la inevitabile relatività occorreva che il comunismo, sorto dapprima come moto istintivo nell'animo degli oppressi, diventasse scienza e politica. E occorreva poi, che la nostra dottrina desse la misura del valore di tutta la storia passata, scovrendo in ogni forma di organamento sociale, che fosse di origine e di assetto antitetico, come tutte furono fino ad ora, la ingenita incapacità a produrre le condizioni di un progresso umano universale ed uniforme; scovrendovi, cioè, gl'impedimenti i quali fanno sì che il benefizio si converta in malefizio.

VI.

A una domanda noi non possiamo sottrarci, ed è questa; donde ebbe origine la credenza nei fattori storici? Cotesta espressione ricorre assai di frequente per le menti e per gli scritti di molti eruditi, scienziati e filosofi, e di quegli espositori, i quali, o ragionando o combinando, si dilungano alquanto dalla mera narrazione, e di tale opinione si giovano, come di presupposto per orientarsi su la ingente massa dei fatti umani, che, a prima vista e nella immediata considerazione, appaiono tanto confusi e irriducibili. Cotesta credenza, cotesta opinione corrente è diventata presso gli storiografi ragionatori, o a dirittura razionalisti, una semidottrina, che di recente fu più volte addotta, quale argomento decisivo, contro la teoria unitaria della concezione materialistica. Gli è, anzi, tanto radicata la credenza, ed è tanto diffusa la opinione, che la storia non si possa intenderla, se non come incontro ed incidenza di diversi fattori, che molti di quelli i quali parlano di materialismo sociale, sia in favore o sia contro, credono di cavarsi d'ogni impaccio quando affermano, che tutta questa dottrina qui consista poi in ultimo nell'attribuire la prevalenza o l'azione decisiva al fattore economico.

Certo gli è che importa di rendersi conto del come cotesta credenza, o opinione, o semidottrina abbia avuto origine perché la verace ed effettiva critica consiste principalmente nel riconoscere e nell'intendere i motivi di ciò che dichiariamo errore. Non basta di respingere una opinione, col designarla spicciativamente per erronea. L'errore dottrinale è nato sempre da qualche lato male inteso di una esperienza incompleta, o da qualche imperfezione soggettiva. Non basta respingere l'errore; bisogna vincerlo, e superarlo, spiegando/o.

Ogni storico, che cominci a narrare, compie, per cosi dire, un atto di astrazione. Innanzi tutto eseguisce come un taglio in una serie continuativa di avvenimenti; e poi prescinde da molti e svariati presupposti e precedenti, e anzi spezza e scompone una intricata tela. Per cominciare bisogna pure che fissi un punto, una linea, un termine, di sua elezione, e dica p. e.: vogliamo raccontare come ebbe inizio la guerra tra greci e persiani; vediamo come Luigi XVI venne nella risoluzione di convocare gli Stati Generali. Il narratore si trova, insomma, dinanzi ad un complesso di fatti accaduti, e di fatti che stanno per accadere, i quali, nel tutt'insieme, appariscono come una configurazione. In tale suo atteggiamento ha origine il modo d'essere e lo stile di ogni racconto; perché, ad ordirlo, occorre pigliar le mosse da cose già divenute, per poi vedere come continuino nel divenire.

E pure in quel complesso bisogna introdurre un certo sentimento di analisi, risolvendolo in varii gruppi e in varii aspetti di fatti, od in elementi concorrenti, che appariscono poi ad un certo punto come delle categorie per sé stanti. Ecco: qui è lo stato in una certa forma e con certi poteri; e qui son le leggi, che determinano, per comando o per proibizione, certi rapporti; e qui son gli abiti e i costumi, che rivelano tendenze, bisogni, e modi di pensare, di credere, di fantasticare; e nell'insieme si vede una moltitudine d'uomini conviventi e collaboranti, con spartizione di ufficii e di occupazioni; e poi si notano i pensieri, le idee, le inclinazioni, le passioni, i desiderii, le aspirazioni, che da cotesto variopinto modo di coesistenza e dai suoi attriti in determinate maniere si sprigionano e sviluppano. Avviene una mutazione, e questa si rivela in uno dei lati od aspetti del complesso empirico, o in tutti essi in maggiore o in minore spazio di tempo: p. e. lo stato slarga i suoi confini esterni, o altera i suoi limiti interni verso la società, crescendo o diminuendo di poteri e di attribuzioni, o cambiando di forma nell'esercizio di quelli e di queste; ovvero il diritto muta le sue disposizioni, o s'esprime ed afferma in nuovi organi; ovvero, da ultimo, dietro al cambiamento delle abitudini esterne cotidiane, si rivela un cambiamento nei sentimenti, e nei pensieri, e nelle inclinazioni degli uomini variamente distribuiti nelle diverse classi sociali, le quali si rimescolano, si alterano, si spostano, si fondono o rinnovano. Ad intendere tutto ciò, in quanto e per il modo come apparisce alla prima e si disegna alla ordinaria attenzione, bastano le comuni doti della intelligenza normale, di quella, intendo dire, che non è sussidiata ancora, né corretta o completata dalla scienza propriamente detta. Chiudere in precisi confini un insieme di tali mutazioni, ecco l'oggetto vero e proprio della narrazione la quale riesce tanto più perspicua, efficace e plasmata, quanto è più monografica: p. e. Tucidide nella guerra del Peloponneso.

La società già in un certo modo divenuta, la società già arrivata ad un certo grado di sviluppo, la società giù tanto complicata da nascondere il sottostrato economico che il resto sorregge, non si è rivelata ai puri narratori, se non in quegli apici visibili, in quei resultati più appariscenti, in quei sintomi più significativi, che son le forme politiche, le disposizioni di legge e le passioni di parte. Il narratore, oltre che per la mancanza di una dottrina teoretica su le fonti vere del movimento storico, per l'atteggiamento stesso che egli assume di fronte alle cose che coglie nelle apparenze del loro divenire, non può ridurre questo ad unità, se non nell'aspetto della sola intuizione immediata; e, se è artista, cotesta intuizione gli si colorisce nell'animo, e vi si trasmuta in azione drammatica. Il suo ufficio è adempiuto, se egli riesce ad inquadrare un certo numero di fatti e di accadimenti entro termini e confini, su i quali lo sguardo possa muoversi come su chiara prospettiva; alla stessa guisa, che il geografo puramente descrittivo ha fatta per intero la parte sua, se racchiude in vivo e perspicuo disegno la concorrenza delle cause fisiche che determinano l'intuitivo aspetto, poniamo del golfo di Napoli, senza punto risalire alla genesi di esso.

In cotesto bisogno della configurazione narrativa è la occasione prima, intuitiva, palpabile, e direi quasi estetica ed artistica, di tutte quelle astrazioni e generalizzazioni, che da ultimo mettono capo nella semidottrina dei così detti fattori.

Qui sono due uomini insigni, i Gracchi, che vollero arrestare il processo di appropriazione dell'ager publicus, o impedire l'agglomerazione del latifondo, per cui diminuisce o cessa del tutto di esistere la classe dei piccoli proprietarii, ossia degli uomini liberi, che son fondamento e condizione della vita democratica della città antica. Quali furono le cause del loro insuccesso? Il loro disegno è chiaro: l'animo loro, la loro origine, il loro carattere, il loro eroismo lo illustrano. E stanno contro a loro altri uomini, con altri interessi e con altro animo. La contesa non si disegna dapprima alla mente se non come lotta di propositi e di passioni, la quale si svolge e riesce a termine con quei mezzi che consentono le forme politiche dello stato, e l'uso o l'abuso dei poteri pubblici. Ecco lì l'ambiente: la città dominatrice in diversi modi, sopra altre città, o sopra territori sforniti d'ogni carattere di autonomia; e dentro di quella città una avanzata differenziazione di ricchi e di poveri; e di fronte alla schiera non numerosa dei sopraffacitori e dei prepotenti, immensa la massa dei proletarii, che stan per perdere o han già perduta la coscienza e la forza politica d'una plebe di cittadini, la massa che si lascia per ciò ingannare e corrompere, e a breve andare finirà per imputridire, qual servile accessorio degli sfruttatori di maggior grado. Questa la materia del narratore, al quale non è dato di rendersi conto del fatto, se non nelle condizioni immediate del fatto stesso. L'unità intuitiva è la scena su la quale i casi si svolgono, e perché il racconto abbia rilievo, intreccio e prospettiva, occorrono dei punti di orientazione e dei mezzi di riduzione.

In ciò consiste la origine prima di quelle astrazioni, per cui i lati varii di un determinato complesso sociale vengono, poco per volta, distratti dalla loro qualità di semplici aspetti di un insieme, e via via generalizzati menano poi alla dottrina dei presunti fattori.

Questi, in altri termini, intendo dire dei fattori, si originano nella mente, per via della astrazione e della generalizzazione degli aspetti immediati del movimento apparente, e stanno alla pari con tutti gli altri concetti empirici, i quali, sorti che siano in ogni altro campo del sapere, vi si mantengono, finché, o non vengano ridotti ed eliminati per via di nuova esperienza, o non si trovino riassorbiti da una concezione più generale, che sia genetica, evolutiva, dialettica.

Non era forse necessario, che nell'analisi empirica e nello studio immediato delle cause e degli effetti di certi determinati fenomeni, p. e. dei calorifici, la mente si fermasse dapprima nella presunzione e nella persuasione di poterli e di doverli attribuire ad un subietto, che, se non parve mai a nessun fisico un vero ente sostanziale, parve di certo una forza determinata e specifica, che sarebbe il calore. Ed ecco che ad un certo punto, per nuova combinazione di esperienza, cotesto escogitato calore si risolve, a date condizioni, in una certa quantità di moto. E anzi, ora, il pensiero è su la via di risolvere tanti degli escogitati fattori fisici nel flusso di una universale Energhetica, nella quale la ipotesi degli atomi, per quanto essa è necessaria e utilizzabile, perde ogni residuo di sopravvissuta metafisica.

Non era forse inevitabile, come primo stadio della conoscenza rispetto al problema della vita, l'indugiarsi a lungo nello studio distinto degli organi, e il ridur questi in sistemi? Senza cotesta anatomia, che pare per fin troppo materiale e grossolana, nessun progresso di studi sarebbe stato possibile; e intanto, su la ignorata genesi e coordinazione di tale molteplicità analitica, s'aggiravano incerti e vaghi i concetti generici di vita, di anima e simili. In coteste creazioni mentali si cercò per ripiego di escogitazione, e per gran tempo, quella unità biologica, che ha da ultimo trovato il suo riscontro intuitivo nell'inizio certo della cellula, e nel suo processo di immanente moltiplicazione.

Più difficile fu certamente il cammino, che il pensiero dovette percorrere per ridurre ad evidenza di genesi i dati tutti della vita psichica, dai semplicissimi delle elementari sensazioni fino ai prodotti di molto derivati e complessi. Non solo per ragioni di difficoltà teoretiche, ma per altri pregiudizii popolari, l'unità e continuità incessante dei fenomeni psichici apparve fino ad Herbart come spartita e spezzata in tanti fattori, ossia nelle così dette facoltà dell'anima.

Per le medesime difficoltà è passata la interpretazione dei processi storico-sociali; ed anche essa s'è dovuta dapprima arrestare nella veduta provvisoria dei fattori. E, perciò, riesce ora a noi cosa agevole il rintracciare la occasione prima di tale opinione nel bisogno che hanno gli storici narratori di trovare, nell'atto che raccontano con più o meno di capacità artistica, e con vario intendimento di ammaestrare, dei punti di orientazione immediata, quali può offrirli lo studio del moto apparente delle cose umane.

Ma in quel movimento apparente son pure delle indicazioni, che rimandano ad altro.Quei fattori concorrenti, che l'astrazione escogita e poi si permette di isolare, non furon mai visti ad operare ciascuno per sé; perché, anzi, operano per un modo di efficacia, che dà luogo al concetto dell'azione reciproca. Inoltre, quei fattori son pur essi nati una volta, e son poi giunti a quella fisonomia, che rivelano nella particolare narrazione. Di quel tale stato si sapeva pure che fosse nato una volta. Di ogni diritto, o si serbava memoria, o si congetturava, che fosse entrato in vigore in tali o tali altre circostanze. Di tanti costumi si serbava il ricordo, che fossero stati una volta introdotti; e il più semplice confronto dei fatti accertati, per rispetto a diversi tempi e luoghi, facea vedere, come la società nel suo insieme, in quanto somma di diverse classi, avesse assunto, ed assumesse di continuo forme diverse.

Tanto l'azione reciproca dei diversi fattori, senza della quale nemmeno il più semplice racconto sarebbe mai possibile, quanto le notizie più o meno accertate circa le origini e le variazioni dei fattori stessi, sollecitavano alla ricerca ed al pensiero, assai più che non facesse la narrazione configurativa di quei grandi storici, che sono veri e propri artisti. E difatti, i problemi che resultano spontanei dai dati della storia, quando questi sian combinati con altri elementi teoretici, dettero luogo alle diverse discipline così dette pratiche, che, con varia rapidità di moto e con vario successo, si svilupparono dai tempi antichi a venire ai moderni, dall'Etica alla Filosofia del Diritto, dalla Politica alla Sociologia, dalla Giurisprudenza all'Economia.

Ed ecco che col nascere e col formarsi di tante discipline, per la stessa inevitabile division del lavoro, si moltiplicarono fuor di misura i punti di vista. Certo è, che alla prima ed immediata analisi dei multiformi aspetti empirici del complesso sociale, occorreva un lungo lavoro di parziale astrazione; il che reca sempre con sé l'inevitabile conseguenza del vedere unilaterale. Ciò si è verificato in modo più acuto e più appariscente, che non in altro campo, in quello della Giurisprudenza, e nelle sue varie generalizzazioni fino alla Filosofia del Diritto. Per via di cotali astrazioni, che sono inevitabili nell'analisi parziale ed empirica, e per effetto della divisione del lavoro, i diversi lati e le diverse manifestazioni del complesso sociale furono, di quando in quando, fissati ed immobilizzati in concetti generali ed in categorie. Le opere, gli effetti, le emanazioni, gli efflussi dell'attività umana - diritto, forme economiche, principii di condotta e così via - furono come tradotti e convertiti in leggi, in imperativi e in principii che stessero al di sopra dell'uomo stesso. E di quando in quando s'è poi dovuto di nuovo scovrire questa verità semplice; che il solo fatto permanente e sicuro, ossia il solo dato, da cui muova o a cui si riferisca ogni particolare disciplina pratica, è questo: gli uomini congregati in una determinata forma sociale, per via di determinati vincoli. Le varie discipline analitiche, che illustrano i fatti che si svolgono nella storia, han finito per occasionare da ultimo il bisogno di una comune e generale scienza sociale, che renda possibile la unificazione dei processi storici. E di tale unificazione la dottrina materialistica segna appunto l'ultimo termine, e anzi l'apice.

Ma non fu, come non sarà mai tempo perso quello che sia speso nell'analisi preliminare e laterale dei fatti complessi. Dobbiamo alla metodica division del lavoro la erudizione precisa, ossia la massa delle conoscenze dichiarate, cribrate, sistemate, senza delle quali ogni storia sociale vagherebbe sempre nel puramente astratto, nel formale e nel terminologico. Lo studio a parte dei presunti fattori storico-sociali ha giovato, come giova ogni altro studio empirico che si attenga al moto apparente delle cose, a raffinare gl'istrumenti della osservazione, e a dar modo di ritrovare nei fatti stessi, che furono artificiosamente distratti dall'insieme, gli addentellati che al complesso sociale li legano. Le diverse discipline, che son tenute isolate ed indipendenti per via del presupposto dei fattori concorrenti nella formazione storica, per il grado di sviluppo che han raggiunto, per il materiale che han raccolto, e pei metodi che han prodotti, sono ora per noi tutte indispensabili, quando si voglia ricostruire qualunque parte dei tempi passati. Che ne sarebbe della nostra scienza storica senza la unilateralità della Filologia, che è il sussidio istrumentale d'ogni ricerca; e dove si sarebbe mai trovato il bandolo di una storia delle istituzioni giuridiche, che poi a tante altre cose e combinazioni da se stessa rimanda, senza l'ostinata fede dei romanisti nella eccellenza universale del Diritto Romano, la quale ha generato, con la Giurisprudenza generalizzata e con la Filosofia del Diritto, tanti dei problemi in cui germoglia da ultimo la Sociologia?

Così che, al postutto, i fattori storici, che ricorrono per le menti e per gli scritti di tanti, indicano qualcosa che è molto meno della verità, ma che è molto di più del semplice errore, nel senso grossolano di abbaglio, di illusione e di inganno. Sono il prodotto necessario di una conoscenza, che è in via di sviluppo e di formazione. Nascono dal bisogno di orientarsi sopra lo spettacolo confuso, che le cose umane presentano a chi voglia narrarle; e servono poi, dirò così, di titolo, di categoria, di indice a quella inevitabile division del lavoro, per entro alla quale fu finora teoreticamente elaborata la materia storico-sociale. In questo campo di conoscenza, del pari che in quello delle scienze naturali, la unità di principio reale, e la unità di trattazione formale, non s'incontran mai di primo acchito, anzi si trovano solo a capo di lungo ed intricato cammino; cosicché, anche per cotesto rispetto, ci pare calzante l'analogia stabilita da Engels tra il ritrovamento del materialismo storico e quello della conservazione dell'energia.

La provvisoria orientazione, secondo l'ovvio schema di ciò che dicono fattori, può, in date circostanze, occorrere anche a noi, che professiamo un principio affatto unitario della interpretazione storica. Intendo dire, se vogliamo non semplicemente teorizzare, ma se vogliamo, con propria nostra ricerca, illustrare un determinato periodo di storia. Come in cotesto caso c'incombe l'obbligo della minuta e diretta ricerca, cosi ci è giuoco forza di attenerci dapprima ai gruppi difatti che paiono, o prominenti, o indipendenti, o staccati, negli aspetti della immediata esperienza. Perché non è veramente il caso di credere, che il principio unitario di massima evidenza e trasparenza, cui siam giunti nella concezione generale della storia, possa, a guisa di talismano, valer di continuo, e a prima vista, come di mezzo infallibile per risolvere in elementi semplici l'immane apparato e il complicato ingranaggio della società. La sottostante struttura economica, che determina tutto il resto, non è un semplice meccanismo, dal quale saltino fuori, a guisa d'immediati effetti automatici e macchinali, istituzioni, e leggi, e costumi, e pensieri, e sentimenti, e ideologie. Da quel sottostrato a tutto il resto, il processo di derivazione e di mediazione è assai complicato, spesso sottile e tortuoso, non sempre decifrabile.

L'organamento sociale è, come già sappiamo, di continuo instabile, sebbene ciò non appaia evidente a tutti, se non quando la instabilità entra in quel periodo acuto che chiamiamo rivoluzione. Cotesta instabilità, con le continue lotte nel seno della stessa società organata, esclude sì la possibilità che gli uomini entrino in una condizione di continuata acquiescenza od accomodazione, per cui potrebbe accadere che tornassero nel vivere animale. Nell'antitesi è la causa precipua del progresso (Marx). Ma è altrettanto vero, però, che in cotesto organamento instabile, nel quale è data la forma inevitabile del dominio e della soggezione, la intelligenza si è sempre sviluppata, non solo disugualmente, ma assai imperfettamente, incongruamente e parzialmente. Ci fu ed è ancora nella società come una gerarchia dell'intelletto, e poi dei sentimenti e delle ideazioni. Supporre che gli uomini, sempre e in tutti i casi, abbiano avuto una coscienza approssimativamente chiara della propria situazione, e di quello che convenisse loro più ragionevolmente di fare gli è supporre l'inverosimile, anzi l'insussistente.

Forme di diritto, e azioni politiche e tentativi di ordinamento sociale, furono, come sono tuttora, a volte cose indovinate, a volte cose sbagliate, cioè sproporzionate e incongrue al caso. La storia è piena di errori; il che vuoi dire, che se tutto vi fu necessario, data la intelligenza relativa di quelli che avessero a risolvere una difficoltà, o a trovare una soluzione a un dato problema e così via, se tutto v'ebbe la sua ragion sufficiente, non tutto vi fu ragionevole, secondo il senso che dànno a questa parola gli ottimisti che raziocinano. A lungo andare le cause determinanti alle mutazioni, e ossia le cambiate condizioni economiche, finirono e finiscono per far trovare, fosse pur per vie assai tortuose, le occorrenti forme di diritto, gli ordini politici adattati, e le maniere più o meno convenienti della accomodazione sociale. Ma non è però da credere, che la istintiva sapienza dell'animale ragionevole si manifestasse, o si manifesti, sic et simpliciter, nella piena e chiara intelligenza di ogni situazione; e che a noi non tocchi ora se non di rifare semplicisticamente il cammino deduttivo dalla situazione economica a tutto il resto. L'ignoranza - la quale alla sua volta può anch'essa essere spiegata - è cagione non piccola del modo come la storia è proceduta; e all'ignoranza bisogna aggiungere la bestialità non mai interamente vinta, e tutte le passioni e le nequizie, e le svariate forme di corruzione, che furono e sono il portato necessario di una società così organata che il dominio dell'uomo su l'uomo vi è inevitabile, e da tale dominio la bugia, l'ipocrisia, la prepotenza e la viltà furono e sono inseparabili. Noi possiamo, senza essere utopisti, ma solo in quanto siamo comunisti critici, prevedere, come di fatti prevediamo, l'avvento di una società, che svolgendosi dalla presente, e anzi dai suoi contrasti, per le leggi immanenti del divenire storico, metta capo in una associazione senza antitesi di classe: il che porta seco, che la regolata produzione eliminerebbe l'aleatorio dalla vita, che nella storia si rivela finora come multiforme intreccio di accidenti e d'incidenze. Ma ciò è l'avvenire, e non è, né il presente, né il passato. Se noi invece ci proponiamo di penetrare nelle vicende storiche svoltesi fino ad ora, assumendo, come assumiamo, a filo conduttore il variare delle forme della sottostante struttura economica, fino al dato più semplice del variare degl'istrumenti, noi dobbiamo aver piena coscienza della difficoltà del problema che ci proponiamo; perché qui non si tratta già di aprir gli occhi e di vedere, ma di uno sforzo massimo del pensiero, che è diretto a vincere il multiforme spettacolo della esperienza immediata, per ridurne gli elementi in una serie genetica. E per ciò, dicevo, che nella ricerca particolare tocca anche a noi di pigliar le mosse da quei gruppi di fatti apparentemente isolati, e da quel variopinto intreccio, dallo studio empirico, insomma, dal quale è nata la credenza nei fattori, che poi si è svolta in una semidottrina.

Né vale di contrapporre a queste difficoltà di fatto la presunzione alquanto metaforica, spesso equivoca, e al postutto di un valore puramente analogico, del così detto organismo sociale. Anche per cotesto supposito, diventato poi in così breve tempo una mera e volgare fraseologia, bisognava pure che il pensiero passasse. Perché esso adombra la comprensione del movimento storico, come nascente dalle leggi immanenti alla società stessa, ed esclude con ciò l'arbitrario, il trascendente e l'irrazionale. Ma più in là di così la metafora non regge; e la ricerca specificata, critica e circostanziata dei fatti storici è la sola fonte di quel sapere concreto e positivo, che occorre allo sviluppo completo del materialismo economico.

VII.

Le idee non cascano dal cielo; né noi riceviamo il ben di dio in sogno.

La mutazione nei modi del pensiero, che da ultimo ha prodotta la dottrina storica, della quale si fa qui l'esame e la esposizione preliminare, s'è venuta svolgendo, prima con lentezza e poscia con cresciuta rapidità, appunto in questo periodo del divenire umano, in cui s'avverarono le grandi rivoluzioni politico-economiche; ossia in questa epoca, che guardata nelle forme politiche dicesi liberale, ma che guardata nel suo fondo, per effetto del dominio del capitale su la massa proletaria, è l'epoca della produzione anarchica. La mutazione delle idee, fino alla creazione di nuovi metodi di concezione, è venuta passo passo riflettendo l'esperienza di una nuova vita. Come questa, nelle rivoluzioni degli ultimi due secoli, si è andata via via spogliando degl'involucri mitici, mistici e religiosi, a misura che è venuta acquistando la coscienza pratica e precisa delle sue condizioni immediate e dirette, così il pensiero, che questa vita riassume e teorizza, s'è alla sua volta spogliato dei presupposti teologici e metafisici, per racchiudersi, in fine, in questa prosaica esigenza: nella interpretazione della storia occorre restringersi alla coordinazione obiettiva delle condizioni determinanti e degli effetti determinati. La concezione materialistica segna il culmine di questo nuovo indirizzo nel ritrovamento delle leggi storico-sociali; in quanto non è un caso particolare di una generica sociologia, o di una generica filosofia dello stato, del diritto e della storia, ma è il risolvente di tutti i dubbi e di tutte le incertezze che accompagnano le altre forme di filosofare su le cose umane, ed è l'inizio della interpretazione integrale di queste.

Gli è dunque cosa facile, specie per il modo come ci si son messi alcuni volgari criticastri, l'andar ritrovando i precursori di Marx e di Engels, che questa dottrina hanno pei primi precisata nei fondamenti. E quando mai era saltato per il capo ad alcuno dei seguaci loro, fossero pur quelli della più stretta osservanza, di far passare quei due pensatori per facitori di miracoli? Anzi, se piace di andar cercando le premesse della creazione dottrinale di Marx e di Engels, non basterà di fermarsi a quelli che diconsi precursori del socialismo fino a Saint-Simon e più in là, né ai filosofi e segnatamente ad Hegel, né agli economisti, che avean dichiarata la anatomia della società che produce le merci: bisogna risalire a dirittura a tutta la formazione della società moderna, e poi da ultimo trionfalmente dichiarare, che la teoria è un plagio delle cose che spiega.

Perché, in verità, i precursori effettivi della nuova dottrina furono i fatti della storia moderna, che è diventata così perspicua e rivelatrice di se stessa, da che si operò in Inghilterra la grande rivoluzione industriale della fine del secolo scorso, e in Francia avvenne quella gran dilacerazione sociale che tutti sanno; le quali cose, mutatis mutandis, si son poi andate riproducendo, in varia combinazione e in forme più miti, in tutto il mondo civile. E che altro è, in fondo, il pensiero, se non il cosciente e sistematico completamento dell'esperienza; e che è questa, se non il riflesso e la elaborazione mentale delle cose e dei processi che nascono e si svolgono, o fuori della volontà nostra, o per opera della nostra attività; e che altro è il genio, se non la individuata e conseguente ed acuita forma di quel pensiero, che per suggestione della esperienza sorge in molti uomini della medesima epoca, ma nella più parte di loro rimane frammentario, incompleto, incerto oscillante e parziale?

Le idee non cascano dal cielo, e anzi, come ogni altro prodotto dell'attività umana, si formano in date circostanze, in tale precisa maturità di tempi, per l'azione di determinati bisogni, e pei reiterati tentativi di dare a questi soddisfazione, e col ritrovamento di tali o tali altri mezzi di prova, che sono come gl'istrumenti della produzione ed elaborazione loro. Anche le idee suppongono un terreno di condizioni sociali, ed hanno la loro tecnica: ed il pensiero è anch'esso una forma del lavoro. Spostare quelle e questo ossia, le idee ed il pensiero, dalle condizioni e dall'ambito di lor proprio nascimento e sviluppo, gli è svisarne la natura e il significato.

Mostrare come la concezione materialistica della storia fosse nata precisamente in date condizioni e cioè non come personale e discutibile opinione di due scrittori, ma come una nuova conquista del pensiero per la inevitabile suggestione di un nuovo mondo che si sta generando già, ossia la rivoluzione proletaria, questo fu l'assunto del mio primo saggio. Il che è quanto dire, che una nuova situazione storica si è completata del suo congruo istrumento mentale.

Ora immaginare, che cotesta produzione intellettuale potesse avverarsi in ogni tempo e luogo, gli è come assumere a regola delle proprie ricerche l'assurdo. Trasferire le idee a capriccio, dal terreno e dalle condizioni storiche in cui son nate, in qualunque altro terreno, ciò è come prendete a base del ragionamento il semplice irrazionale. E perché non si dovrebbe immaginare del pari, che la città antica, nella quale nacquero l'arte e la scienza greca e il diritto romano, rimanendo pur città antica di democrazia con gli schiavi, acquistasse medesimamente e sviluppasse tutte le condizioni della tecnica moderna? Perché non credere, che la corporazione artigiana medioevale, rimanendo qual essa era nel suo quadro fisso, s'avviasse alla conquista del mercato mondiale, senza le condizioni della concorrenza sconfinata, che cominciarono appunto dall'eroderla, e negarla? Perché non congetturare un feudo, che, pur rimanendo feudo, fosse officina da produrre esclusivamente merci? Perché Michele di Lando non avrebbe dovuto scrivere lui il Manifesto dei Comunisti? Perché non si avrebbe a pensate, che i trovati della scienza moderna potessero venir fuori dal cervello degli uomini di ogni altro luogo e tempo; cioè, prima che determinate condizioni facessero nascere determinati bisogni, e alla soddisfazione di questi si dovesse provvedere con una reiterata ed accumulata esperienza?

La nostra dottrina suppone lo sviluppo ampio, chiaro, cosciente ed incalzante della tecnica moderna; e con questa la società che produce le merci negli antagonismi della concorrenza, la società che suppone come sua condizione iniziale, e come mezzo indispensabile al suo perpetuarsi, l'accumulazione capitalistica nella forma della proprietà privata, la società che produce e riproduce di continuo i proletarii, e a reggersi ha bisogno di rivoluzionare incessantemente i suoi istrumenti, compreso lo stato e gl'ingranaggi giuridici di questo. Questa società, che, per le leggi stesse del suo movimento, ha messa a nudo la sua propria anatomia, produce di contraccolpo la concezione materialistica. Essa, come ha prodotto nel socialismo la sua negazione positiva, così ha generato nella nuova dottrina storica la sua negazione ideale. Se la storia è il prodotto, non arbitrario, ma necessario e normale, degli uomini in quanto si sviluppano, e si sviluppano in quanto socialmente esperimentano, ed esperimentano in quanto perfezionano e raffinano il lavoro, ed accumulano e serbano i prodotti e risultati di questo, la fase di sviluppo in cui noi ora viviamo non può esser l'ultima e definitiva, e i contrasti a questa intimi ed inerenti sono le forze produttive di nuove condizioni. Ed ecco come il periodo delle grandi rivoluzioni economiche e politiche di questi due ultimi secoli ha maturato nelle menti questi due concetti: l'immanenza e costanza del processo nei fatti storici, e la dottrina materialistica, che in fondo è la teoria obiettiva delle rivoluzioni sociali.

Non v'ha dubbio, che il risalire attraverso i secoli e il rifarsi studiatamente col pensiero su lo sviluppo delle idee sociali, per quanto ce n'è documento negli scrittori, è cosa che riesce tuttora assai istruttiva, e giova soprattutto ad accrescere in noi la consapevolezza critica, così dei nostri concetti come dei nostri procedimenti. Tale ritorno della mente su le sue premesse storiche, quando non ci porti a smarrirci nell'empirismo di una sconfinata erudizione, e non c'induca nella tentazione di stabilire frettolosamente delle vane analogie, giova senza dubbio a dare pieghevolezza ed efficacia di persuasione alle forme della nostra attività scientifica. Nell'insieme delle nostre scienze si deriva ora, in via di fatto e per approssimativa continuità di tradizione, l'ottimo di quanto fu mai ritrovato, escogitate e provato, non che nei tempi moderni, fin da quelli dell'antica Grecia, con la quale appunto comincia in modo definitivo per tutto l'uman genere, lo svolgimento ordinato del pensiero cosciente, riflesso e metodico. Non ci sarebbe dato di fare un solo passo nella ricerca scientifica senza l'uso dei mezzi da gran tempo trovati e pronti; come sarebbe a dire, tanto per addurre alcuni dei più generali, della logica e della matematica. Ad avere una opinione contraria occorrerebbe di voler dire, che ogni generazione debba ricominciar da capo, rimbamboleggiando.

Ma né agli antichi autori, nell'angusto ambito delle loro repubbliche di città, né agli scrittori della Rinascenza, incerti sempre tra un immaginato ritorno all'antico e il bisogno di afferrare intellettualmente il mondo nuovo, che era in gestazione, fu dato di giungere all'analisi precisa degli elementi ultimi dai quali resulta la società, che il genio insuperato di Aristotele non vide e non comprese di là dai confini in cui si spiega la vita dell'uomo cittadino.

La ricerca su la struttura sociale, considerata nei suoi modi di origine e di processo, si fece viva ed acuta ed assunse aspetti multiformi nei secoli decimosettimo e decimottavo, quando si formò la Economia, e insieme a questa, sotto ai varii nomi di Diritto di Natura, di saggi su lo Spirito delle Leggi e di Contratto Sociale, si fece strada il tentativo di risolvere in cause, in fattori, in dati logici e psicologici, il multiforme e non sempre chiaro spettacolo di una vita, in cui si preparava la più grande rivoluzione che si conosca. Coteste dottrine, quale che fosse l'intento subiettivo e l'animo degli autori - come è il caso antitetico del conservatore Hobbes e del proletario Rousseau - furon tutte rivoluzionarie nella sostanza e negli effetti. In fondo a tutte tu ritrovi sempre come stimolo e come motivo i bisogni materiali e morali dell'età nuova; che per le condizioni storiche erano quelli della borghesia: - e per ciò conveniva di combattere, in nome della libertà, la tradizione, la chiesa, il privilegio, le classi fisse, ossia gli ordini e i ceti, e per conseguenza lo stato che di questi era o pareva autore, e poi i privilegi del commercio, delle arti, del lavoro e della scienza. Onde si mirò all'uomo in astratto, ossia ai singoli individui emancipati e liberati, per virtù di astrazione logica, dai loro vincoli storici e di necessaria dipendenza sociale; e nella mente di molti il concetto della società si venne come a ridurre in atomi, e anzi parve, ai più, naturale il credere, che la società stessa non sia se non una somma d'individui. Le categorie astratte della psicologia individuale si trovarono come spinte sul davanti, o messe in cima, della spiegazione di tutti i fatti umani; ed ecco come in tutti cotesti sistemi ed escogitazioni non si parli che di paura, di amor proprio, di egoismo, di obbedienza volontaria, di tendenza alla felicità, di originaria bontà dell'uomo, di libertà di contrattare; e poi della coscienza morale, e dell'istinto o del senso morale, e di altrettali cose astratte e generiche, come quelle che fossero sufficienti a spiegare la concreta storia esistente, e a crearne di sana pianta una nuova.

Nell'atto che tutta la società entrava in una strepitosa crisi, l'orrore dell'antico, del vieto, del tradizionale, dell'organizzato da secoli, e il presentimento di una rinnovazione di tutta l'esistenza umana, ingenerarono da ultimo un oscuramento totale nelle idee di necessità storica e di necessità sociale; ossia in quelle idee, che, accennate appena dai filosofi antichi, e venute poi in tanto sviluppo nel secolo nostro, in quel periodo di razionalismo rivoluzionario non ebbero che rari rappresentanti, come Vico, Montesquieu, e in parte Quesnay.

In questa situazione storica, che fa nascere una letteratura acuta, agile, sovvertitrice, penetrante e popolarissima, sta la ragione di ciò che Louis Blanc, con una certa enfasi, chiamò individualismo; con la qual parola altri dopo di lui han poi creduto di dare espressione ad un fatto permanente della natura umana, che possa soprattutto servire come di argomento decisivo contro il socialismo.

Singolare spettacolo; anzi singolare contrasto! Il capitale, formatosi come che si fosse, tendeva a vincere ogni altra precedente forma di produzione, rompendone i vincoli e gl'impedimenti, tendeva ad essere, cioè, il signore diretto od indiretto della società, come di fatti è divenuto nella più gran parte del mondo; dal che poi è proceduto, che, oltre a tutti i modi di moderna miseria e di nuova gerarchia in cui ora ci aggiriamo, si avverasse la più stridente antitesi di tutta la storia, ossia quella presente tra la anarchia della produzione nel complesso della società, e il ferreo dispotismo del modo del produrre nelle singole aziende, officine e fabbriche! Ebbene, i pensatori, e filosofi, ed economisti, e divulgatori d'idee del secolo decimottavo non vedeano che libertà ed eguaglianza! Tutti ragionavano allo stesso modo, tutti partivano dalle stesse premesse; o che arrivassero a conchiudere, doversi ottenere la libertà da un governo di pura amministrazione, o che fossero addirittura democratici, o per fino comunisti. Il regno prossimo della felicità stava innanzi agli occhi di tutti, come d'indubbio avvento; pur che fossero tolti i vincoli e gl'impedimenti, che all'uomo, di sua natura buono e perfettibile, aveano imposto la forzata ignoranza e il dispotismo della chiesa e dello stato. Cotesti impedimenti non pareano condizioni, e termini, nei quali gli uomini si fossero trovati per le leggi del loro sviluppo, e per gl'intrecci inevitabili del moto antagonistico, e per ciò incerto e flessuoso della storia, come paiono finalmente a noi per il prevalere dello storicismo obiettivo: ma, anzi, pareano dei semplici imbarazzi, dei quali l'uso retto della ragione dovesse liberarci. In cotesto idealismo, che raggiunse il suo apice in alcuni degli eroi della Grande Rivoluzione, germogliò una fede sconfinata nel sicuro progresso di tutto l'uman genere. Per la prima volta il concetto di umanità apparve in tutta la sua estensione, e senza mescolanza d'idee o di presupposti religiosi. I più risoluti fra cotesti idealisti furono appunto i materialisti estremi; come quelli, che, negando ogni obietto alla fantasia religiosa, assegnavano al bisogno della felicità questa terra qual sicuro dominio, pur che la ragione schiudesse la via.

Ma le idee furono così barbaramente maltrattate dalle prosaiche cose, come avvenne tra la fine del secolo passato e il principio di questo. Assai dura fu la lezione dei fatti, dalla quale procedettero le più tristi delusioni, e poi ne seguì un radicale rivolgimento negli spiriti. I fatti, in una parola, riuscirono contrarii ad ogni aspettazione; il che, se dapprima produsse stanchezza nei disillusi, non poté a meno di indurre desiderio e bisogno di nuova ricerca. È noto come

Saint-Simon e Fourier, nei quali proprio in principio del secolo si avvera, nelle forme unilaterali della genialità prematura, la reazione contro i resultati immediati della grande rivoluzione politico-economica, si levassero risolutamente, il primo contro i giuristi, ed il secondo contro gli economisti.

Difatti, rimossi gl'impedimenti alla libertà, che furon proprii di altri tempi, dei nuovi e spesso più gravi e più dolorosi eran subentrati; e, come la felicità eguale per tutti non s'era avverata, così la società rimaneva nella sua forma politica, tal quale come prima, una organizzazione delle disuguaglianze. La società deve esser, dunque, un qualcosa di per sé stante, un certo che di naturale, un semovente complesso di rapporti e di condizioni, che sfida i tuoni propositi soggettivi dei singoli componenti suoi, e passa sopra alle illusioni ed ai disegni degli idealisti! Essa, dunque, segue un suo proprio andamento, dal quale sarà lecito di astrarre delle leggi di processo e di sviluppo, ma al quale non è dato d'imporne! Per cotal conversione delle menti, il secolo decimonono s'annunciò con la vocazione di dover essere il secolo della scienza storica e della sociologia.

Il pensiero ha di fatti invaso e penetrato ogni campo dell'attività umana, col principio dello sviluppo. In questo secolo fu ritrovata la grammatica storica, e fu rinvenuta la chiave per esplorare la genesi dei miti. In questo secolo furono rinvenute le tracce embriogenetiche della preistoria e furon per la prima volta messe in serie di processo le forme politiche e giuridiche. Il secolo decimonono si annunziò come il secolo della sociologia, nella persona del Saint-Simon; nel quale, come accade degli autodidatti e dei precursori geniali, si trovano confusi insieme i germi di tante tendenze contradittorie. Per questo rispetto la concezione materialistica è un resultato; ma è quel resultato, che è il compimento di tutto un processo di formazione; e come resultato e come compimento essa è anche la semplificazione di tutta la scienza storica e di tutta la sociologia, perché ci riporta dai derivati e dalle condizioni complesse alle funzioni elementari. E ciò è avvenuto per la diretta suggestione di una nuova e strepitosa esperienza.

Le leggi della economia, quali esse per sé sono e per sé si esplicano, avean trionfato di tutte le illusioni, e s'eran mostrate direttrici della vita sociale. La grande rivoluzione industriale, operatasi per primo in Inghilterra alla luce del giorno, anzi nel secolo dei lumi, facea intendere come le classi sociali, se non sono in natura, non son nemmeno una conseguenza del caso o dell'arbitrio; anzi nascono storicamente e socialmente entro ed attorno ad una determinata forma di produzione. E chi, in verità, non avea visto a sorgere, sotto i suoi occhi, i nuovi proletarii dalla rovina economica di tante classi di piccoli proprietarii, di piccoli contadini e di artigiani; e chi non era in grado di scorgere il metodo di tale novella creazione di nuovo stato sociale, in cui tanti uomini venivano ad esser ridotti e a trovarsi per forza? Chi non era in grado di scorgere, come il danaro diventato capitale fosse riuscito in breve corso d'anni a grandeggiare, per l'attrazione che esso esercita sul lavoro degli uomini liberi, nei quali la necessità di darsi liberamente a mercede era stata di lunga mano preparata con tanti accurati metodi di diritto, e per le vie di una violenta o indiretta espropriazione? Chi non avea visto a sorgere le nuove città intorno alle fabbriche, e cingersi al loro perimetro di desolante miseria, che non era più un caso di singolare disavventura ma la condizione e la fonte della ricchezza? E in quella miseria di novello stile apparivano numerose le donne ed i fanciulli, uscenti per la prima volta da una ignorata esistenza, per figurare sul palcoscenico della storia qual sinistra illustrazione della società degli eguali. E chi non sentiva - ci fosse o non ci fosse la sedicente teoria del reverendo Malthus - che il numero di conviventi, che cotesto modo di organizzazione economica può contenere, se a volte è insufficiente a chi per l'alea favorevole della produzione ha bisogno di braccia, altre volte è esuberante, e per ciò non occupabile e pauroso? Diveniva, inoltre, cosa evidente, che la rapida e violenta trasformazione economica avveratasi strepitosamente in Inghilterra, era ivi riuscita perché quel paese erasi potuto creare, di fronte alla rimanente Europa, un monopolio fino allora non mai visto, ed a reggere cotesto monopolio era occorsa una politica senza scrupoli, la quale permetteva una buona volta a tutti di tradurre in prosa il mito ideologico dello stato, che avrebbe ad essere tutore e pedagogo del popolo.

Nella visione immediata di tali conseguenze della nuova vita ebbe origine il pessimismo, più o meno romantico, dei laudatores temporis acti, da De Maistre a Carlyle. La satira del liberalismo invade le menti e la letteratura in principio di questo secolo. Comincia quella critica della società, nella quale è l'inizio di tutta la sociologia. Bisognava innanzi tutto vincere la ideologia, che erasi accumulata ed espressa nelle tante dottrine del Diritto di Natura e del Contratto Sociale. Bisognava rimettersi di fronte ai fatti, che le rapide vicende di un processo tanto intensivo imponevano all'attenzione in forme così nuove e paurose.

Eccoti Owen, l'impareggiabile sotto tutti i rispetti; ma per questo specialmente, che egli fu tanto chiaroveggente su le cause della nuova miseria, quanto fu ingenuo nel ricercare i modi di vincerle. Bisognava giungere alla critica oggettiva della Economia, che apparve la prima volta, in forme unilaterali e reazionarie, in Sismondi. In quel periodo di tempo, in cui si mutavano le condizioni di una nuova scienza storica, nascono e attirano sopra di sé l'attenzione tante diverse forme di socialismo utopico, unilaterale, o a dirittura stravagante, che non arrivarono mai fino ai proletarii, o perché questi non avean coscienza politica affatto, o, avendola, si moveano a salti, come nelle cospirazioni e sommosse francesi dal 1830-48, o si aggiravano sul terreno pratico delle riforme immediate, come è il caso dei Cartisti. E pure tutto cotesto socialismo, per quanto utopico, fantastico ed ideologico, era una critica immediata e spesso geniale dell'Economia; una critica unilaterale, insomma, cui occorreva il complemento scientifico di una generale concezione storica.

Tutte coteste forme di critica parziale, unilaterale ed incompleta misero effettivamente capo nel socialismo scientifico. Questo non è più la critica soggettiva applicata alle cose, ma è il ritrovamento dell'autocritica che è nelle cose stesse. La critica vera della società è la società stessa, che per le condizioni antitetiche dei contrasti su i quali poggia, genera da sé in se stessa la contraddizione, e questa poi vince per trapasso in una nuova forma. Il risolvente delle presenti antitesi è il proletariato; che lo sappiano o non lo sappiano i proletarii stessi.

Come in essi la miseria loro è diventata la condizione palese della società presente, così in essi e nella miseria loro è la ragion d'essere della nuova rivoluzione sociale. In questo trapasso dalla critica del pensiero soggettivo, che esamina dal di fuori le cose e immagina di poterle correggere per conto suo, alla intelligenza dell'autocritica che la società esercita sopra di se stessa nella immanenza del suo proprio processo; soltanto in ciò consiste la dialettica della storia, che Marx ed Engels, solo in quanto erano materialisti, trassero dall'idealismo di Hegel. E in fin delle fini poco importa se di tali riposte e complicate forme del pensiero non si sappian render conto, nè i letterati, che non conoscono altra significazione della parola dialettica se non quella dell'artificio sofistico, nè i dotti e gli eruditi, che non sono mai atti a sorpassare la conoscenza empiricamente disgregata dei semplici particolari.

Ma il grande rivolgimento economico, che ha offerto i materiali onde è composta la società moderna, nella quale è arrivato in fine al suo quasi completo sviluppo l'impero del capitalismo, non sarebbe riuscito di così rapido e suggestivo insegnamento, se non fosse stato luminosamente illustrato dal moto vertiginoso e catastrofico della Rivoluzione Francese. Mise essa in piena evidenza, come in tragica rappresentazione, tutte le forze antagonistiche della società moderna, perché questa vi si fece strada tra le rovine, e segnò in breve tratto di tempo precipitosamente le fasi del suo nascimento e del suo assetto.

Nacque la Rivoluzione dagl'impedimenti che la borghesia dovette vincere con la violenza, poi che apparve evidente come la transizione dalla vecchia alla nuova forma della produzione - o della proprietà, come dicono per necessità di gergo professionale i giuristi - non potesse avverarsi per le vie più tranquille delle successive e graduali riforme. E fu essa per ciò sollevazione, attrito e rimescolamento di tutte le vecchie classi dell'Ancien Régime, e rapida e vertiginosa formazione ad un tempo di nuove classi, nel brevissimo ma singolarmente intensivo periodo di soli dieci anni, che al paragone della ordinaria storia di altri paesi e tempi paiono secoli. In cotesta compressione di vicende da secoli in così breve giro di anni, si esemplificarono i momenti e gli aspetti più caratteristici della società nuova, o moderna, con tanto maggiore evidenza, in quanto che la pugnace borghesia avea già creato a se stessa tali mezzi ed organi intellettuali, da possedere nella teoria dell'opera propria la coscienza riflessa del suo movimento.

La violenta espropriazione di una parte non piccola della vecchia proprietà, di quella, cioè, che era immobilizzata nel feudo, nei regi e principeschi demani e nella manomorta, coi diritti reali e personali che ne derivavano per mille vie, mise a disposizione dello stato, divenuto per necessità di cose un terribile ed onnipotente governo di eccezione, una massa straordinaria di mezzi economici; e questi, per un verso dettero luogo alla singolare finanza degli assegnati, finiti poi nell'annullamento di se stessi, e per un altro verso dettero luogo alla formazione dei nuovi proprietarii, che andarono debitori alle chances dell'aggiotaggio, e alle contingenze dell'intrigo e della speculazione, della fortuna loro. E chi avrebbe mai più osato dappoi di giurare sul capo del sacro ed atavico istituto della proprietà, dacchè il titolo recente ed accertato di questa poggiava così palesemente su la notizia delle fortunate contingenze? Se mai era passato per il capo di tanti molesti filosofi, a cominciare dai Sofisti, che il diritto fosse una utile e comoda fattura dell'uomo; cotesta proposizione di malvisti eretici poteva sembrate oramai verità semplice ed intuitiva per fino agli ultimi straccioni dei sobborghi di Parigi. Non aveano essi, i proletarii, dato l'impulso, con tutto il resto del popolo minuto, alla rivoluzione in generale con le mosse anticipate dell'aprile dell'89; e non si trovaron poi come scacciati di nuovo dalla scena della storia dopo l'insuccesso della rivolta del Preriale del '95? Non aveano essi portato a spalle tutti i focosi oratori della libertà e della eguaglianza; non aveano essi tenuto in mano la Comune parigina, che fu per un pezzo l'organo impulsivo dell'Assemblea e di tutta la Francia; e non finivan poi da ultimo nell'amara delusione d'essersi creati con le proprie mani i novelli padroni? Nella coscienza fulminea di tal delusione è il movente psicologico, rapido ed immediato, della cospirazione di Babeuf; la quale, per ciò appunto, è un grande fatto della storia, ed ha in sé tutti gli elementi della tragedia oggettiva.

La terra, che il feudo e la manomorta aveano come legata ad un corpo, ad una famiglia, ad un titolo, liberata dai suoi vincoli era diventata merce, perché fosse base ed istrumento da produrre merci; ed era diventata d'un tratto merce così pieghevole, docile ed adattabile, da prestarsi a circolare nei simboli di tanti pezzi di carta. E intorno a questi simboli moltiplicati di tanto su le cose che doveano rappresentare, che da ultimo finiron nel nulla, sorse gigante l'affare, come sorse d'ogni parte, su le spalle della miseria dei più miseri, e fra tutti gli anfratti della precipitosa e sinuosa politica, e sfacciato soprattutto nel trar partito dalla guerra e dai suoi gloriosi successi. Per fino i rapidi progressi di una tecnica accelerata per le urgenti circostanze, dettero materia ed occasione al prosperar degli affari.

Le leggi dell'economia borghese, che son quelle della produzione individuale nel campo antagonistico della concorrenza, insorsero furiose, con tutti i mezzi della violenza e dell'insidia, contro l'arbitrio idealistico di un governo rivoluzionario; il quale, forte della certezza di salvare la patria, e forte ancora più della illusione di fondare in eterno la libertà degli eguali, credette fosse cosa possibile il sopprimere l'aggiotaggio con la ghigliottina, l'eliminare l'affarismo con la chiusura della borsa, e l'assicurare al popolo minuto la esistenza, col fissare il maximum dei prezzi dei generi di prima necessità. Le merci, e i prezzi, e gli affari rivendicarono con la violenza la libertà propria, contro quelli che volean leggere o imporre loro la morale.

Il Termidoro, quali che fossero le personali intenzioni dei Termidoriani, o vili, o paurosi, o illusi, fu, così nelle cause ascose come nei suoi effetti non remoti, il trionfo degli affari su l'idealismo democratico. La costituzione del '93, la quale segna l'estremo limite cui possa giungere il pensiero democratico, non era mai andata in esecuzione. La pressione grave delle circostanze, la minaccia dello straniero, le varie forme di ribellione all'interno, dalla girondina alla vandeana, avean reso necessario un governo di eccezione, che fu il Terrore nato dalla paura. A misura che i pericoli cessavano, cessò il bisogno del terrore; ma la democrazia s'infranse innanzi agli affari, nei quali nasceva la proprietà dei proprietarii nuovi. La costituzione dell'anno III consacrò il principio del moderantismo liberale, dal quale è proceduto tutto il costituzionalismo del continente europeo: ma innanzi tutto fu la via per giungere alla garanzia della proprietà nuova. Cambiare i proprietarii, salvando la proprietà, questo il motto, questa la parola d'ordine, questa l'insegna, che sfidò per anni dal 10 agosto '92, così le sommosse violente, come gli arditi disegni di coloro che tentarono di fondare la società su la virtù, su l'eguaglianza, su la spartana abnegazione. Il Direttorio fu il tramite attraverso del quale la rivoluzione giunse a negare se stessa come conato idealistico; e col Direttorio, che fu la corruzione confessata e professata, divenne realtà il motto: cambiati sì i proprietarii, ma la proprietà è salva! E da ultimo occorreva, a trarre da tante rovine uno stabile edifizio, la forza vera; e questa si trovò in un singolare avventuriere d'insuperata genialità, cui la fortuna avea romanamente arriso, ed il solo che possedesse la virtù di mettere la chiusa della conveniente morale a quella favola gigantesca, perché in lui non era nè ombra, nè traccia di scrupoli morali.

Tutto si vide in quella rapina di eventi. I cittadini armati alla difesa della patria, vittoriosi oltre i confini della circostante Europa, nella quale portano con la conquista la rivoluzione, divengono soldatesca da opprimere la libertà in patria. I contadini, che in un impeto d'imperiosa suggestione produssero per entro alle terre di feudo l'anarchia dell'89, diventati, o soldati, o piccoli proprietarii, o piccoli fittaiuoli, dopo d'essere stati per un quarto d'ora le sentinelle avanzate della rivoluzione, ricaddero nella silenziosa e balorda quiete della vita loro tradizionale, che, muta di casi e di movimenti, fa da sottostrato sicuro al così detto ordine sociale. I piccoli borghesi di città, e i già membri delle corporazioni, a breve andare s'accomodarono a diventare, nel campo della gara economica, i prestatori liberi dell'opera della mano. La libertà del commercio esigeva, che ogni prodotto diventasse liberamente commerciabile, e superava, quindi, l'ultimo impedimento, ottenendo che il lavoro diventasse anch'esso libera merce.

Tutto si mutò in quel tempo. Lo stato, che era parso per secoli a tanti milioni d'illusi una sacra istituzione, o un divino mandato, lasciando il capo del suo sovrano sotto la fredda azione di un istrumento tecnico, ne rimase sconsacrato e profanizzato. Diventava esso stesso, lo stato, un apparato tecnico, che alla gerarchia veniva sostituendo la burocrazia. E perché non v'era più presunzione di antichi titoli, che dessero ragione di privilegio da tenervi posto, questo novello stato poteva diventar la preda di chi se lo pigliasse; si trovava, insomma, messo agl'incanti, purché i fortunati tra gli ambiziosi fossero i soliti garanti della proprietà, e dei nuovi e vecchi proprietari. Il novello stato, che ebbe bisogno del 18 Brumaio per diventare una ordinata burocrazia poggiata sul militarismo vittorioso, questo stato che completava la rivoluzione nell'atto che la negava, non potea fare a meno del suo testo, e l'ebbe nel Codice Civile, che è il libro d'oro della società che produca e venda merci. Non invano la giurisprudenza generalizzata avea serbato e commentato per secoli, nella forma di una disciplina scientifica, quel Diritto Romano, che fu, è, e sarà la forma tipica e classica del diritto d'ogni società delle merci, finché il comunismo non tolga di mezzo la possibilità di venderne e di comprarne.

La borghesia, che per l'incidenza di tante singolari circostanze fece la strepitosa rivoluzione col concorso di tante altre classi e semiclassi, sparite poi dopo breve tempo quasi tutte dalla scena politica, apparve nei momenti del più vivo attrito come spinta da motivi ed ispirata da una ideologia, che sarebbero affatto difformi dagli effetti che sopravvissero e positivamente si perpetuarono. Ciò fa, che nel calore delle lotte la vertiginosa mutazione del sottostrato economico apparisca come dissimulata dagli ideali, ed oscurata dall'intreccio di tanti propositi e disegni, da cui sorgono atti di malvagità e di eroismo inauditi, e correnti di illusioni e dure prove di disinganni. Mai si sprigionò dagli umani petti così potente la fede nell'ideale del progresso. Liberare l'uman genere dalla superstizione, o a dirittura dalla religione, fare d'ogni individuo un cittadino, e d'ogni privato un uomo pubblico; questo l'inizio: - e poi su la linea di cotesto programma compendiare, nell'azione breve di pochi anni, quella evoluzione, che ai più idealisti di ora appare quale opera di molti secoli ancora da venire: - questo l'idealismo d'allora. E perché dovea repugnare a costoro la pedagogica della ghigliottina?

Tale poesia, grandiosa certo se non dilettosa, lasciò dietro di sé una prosa assai dura. E fu la prosa dei proprietarii, che dovean la proprietà alla fortuna, e fu quella dell'alta finanza e dei fornitori arricchiti, dei marescialli, dei prefetti, dei giornalisti e degli artisti e letterati mercenarii; fu la prosa della corte del singolare mortale, cui le qualità del genio militare innestate su l'indole brigantesca avean senza dubbio conferito il diritto di schernire come ideologo chiunque non ammirasse il fatto nudo e crudo, che nella vita può essere, come era per lui, la semplice brutalità del successo.

La Grande Rivoluzione affrettò il corso della storia in buona parte dell'Europa. Da essa partì tutto ciò che chiamiamo liberalismo e democrazia moderna, salvo i casi di errata imitazione dell'Inghilterra, e fino allo stabilimento della unità d'Italia, che fu, e rimarrà forse l'ultimo atto della borghesia rivoluzionaria. Fu quella rivoluzione l'esempio più vivo e più istruttivo del come una società si trasformi, e del come le nuove condizioni economiche si sviluppino, e sviluppandosi coordinino in gruppi e classi i membri della società. Fu la prova palpabile, del come si trovi il diritto, quando occorra ad espressione e difesa di determinati rapporti, e del come si crei lo stato, e se ne dispongano i mezzi, le forze e gli organi. E si vide come le idee germoglino dal terreno delle necessità sociali, e come i caratteri, le tendenze, i sentimenti, le volontà, ossia, a farla breve, le forze morali, si producano e svolgano in circostanziate condizioni. In una parola, i dati della scienza sociale furono, per così dire, ammanniti dalla società stessa; e non è da meravigliare se la Rivoluzione, che fu preceduta ideologicamente dalla forma più acuta di dottrinarismo razionalistico che si conosca, abbia finito poi per lasciare dietro di sé il bisogno intellettuale di una scienza storica e sociologica antidottrinaria; come in buona parte è riuscito di farne nel secolo nostro, che volge oramai al termine suo.

E qui, per le cose da me dette e per quelle generalmente risapute, sarebbe inutile ricordare nuovamente, come ad Owen faccian riscontro Saint-Simon e Fourier, e di ripetere per quali vie siasi originato il socialismo scientifico. L'importante è in due punti soli, e cioè: che il materialismo storico non potea nascere se non dalla coscienza teorica del socialismo; e che esso può oramai spiegare la sua propria origine, coi suoi proprii principii, il che è la riprova massima della maturità sua.

Non era perciò fuor di luogo la frase con cui comincia questo capitolo: le idee non cascano dal cielo.

VIII

Per il cammino fatto fin qui deve oramai parer chiaro a chiunque, quale sia il valore preciso e relativo della così detta dottrina dei fattori; e per qual modo si riesca ad eliminare obiettivamente cotesti concetti provvisorii, che furono e sono semplice espressione di un pensiero non arrivato pienamente a maturità.

Eppure su cotesta dottrina bisogna tornarci ancora una volta, per dichiarar meglio, e più partitamente, da quali ragioni sia dipeso e dipenda, che due dei così detti fattori, ossia lo stato e il diritto, fossero o siano tuttora assunti aprincipale od esclusivo soggetto della storia.

La storiografia, di fatti, ha riposto per secoli in coteste forme della vita sociale l'essenziale dello sviluppo umano; e, anzi, non ha visto questo sviluppo se non nel modificarsi di tali forme. La storia è stata trattata per secoli come disciplina attinente al movimento giuridico-politico, e anzi al politico principalmente. La inversione dalla politica alla società è cosa recente; e assai più recente ancora è la risoluzione della società negli elementi del materialismo economico. In altre parole, la sociologia è di assai recente invenzione; e il lettore, spero, avrà inteso da sé, che io adopero cotesta parola, brevitatis causa, per indicare in genere la scienza delle funzioni e delle variazioni sociali, e non per riferirmi al caso specifico del modo come la trattano i Positivisti.

Gli è del resto cosa risaputa, come, fino al principio di questo secolo, le notizie attinenti alle usanze, ai costumi, alle credenze e così via, e anche quelle attinenti alle condizioni naturali, che fanno da sottosuolo e da circuito alle forme sociali, apparissero nelle storie politiche quali semplici curiosità, o quali accessorii e complementi della narrazione.

Tutto ciò non può essere accidentale: e non è. Rendersi conto della tardiva apparizione della storia sociale gli è per ciò di doppio interesse: e perché la dottrina nostra giustifica ancora una volta, per cotal via, la sua ragion d'essere; e perché dei così detti fattori si fa la eliminazione in modo definitivo.

Fatta eccezione di alcuni momenti critici, nei quali le classi sociali, per estrema incapacità a tenersi in una condizione di relativo equilibrio per adattamento, entrano in una più o meno prolungata crisi di anarchia; e fatta eccezione di quelle singolari catastrofi, nelle quali tutto un mondo precipita, come alla caduta dell'Impero Romano d'Occidente, o al dissolversi del Califfato: dacché c'è memoria di storia scritta, lo stato apparisce, non solo come l'apice, e come il vertice della società, ma come il reggitore di essa. Il primo passo che il pensiero ingenuo abbia fatto in tale ordine di considerazioni consiste in questo enunciato: il reggitore è l'autore.

Fatta, inoltre, eccezione di certi brevi periodi di democrazia esercitata con la viva coscienza della sovranità popolare, come fu di alcune città greche, e segnatamente di Atene, e di alcuni Comuni italiani, e specie di Firenze (quelle erano, però, di uomini liberi padroni di schiavi, questi furono di cittadini privilegiati sfruttanti il forestiero e la campagna), la società retta a stato fu sempre di una maggioranza messa in balia di una minoranza. Cosicché la maggioranza degli uomini è apparsa nella storia come una massa retta, governata, guidata, sfruttata e maltrattata; o, per lo meno, qual variopinta conglomerazione d'interessi, che alcuni pochi avessero da regolare, mantenendo in equilibrio le divergenze, per pressione o per compensazione.

Di qui la necessità di un'arte di governo; e, come questa si fa prima di ogni altra cosa palese agli osservatori della vita collettiva, così era naturale, che la politica apparisse come l'autrice dell'ordine sociale, e come l'indice della continuità nel succedersi delle forme storiche. Chi dice politica, dice attività, che fino ad un certo punto si conduce a disegno; cioè fino a che i calcoli non dian di cozzo in ignorate o inaspettate resistenze. Assumendo, per quel che suggeriva la imperfetta esperienza, ad autore della società lo stato, e ad autrice dell'ordine sociale la politica, ne venia di conseguenza, che gli storici narratori o ragionatori fossero portati a riporre l'essenziale della storia nel succedersi delle forme, delle istituzioni e delle idee politiche.

Donde lo stato avesse avuto origine, e in che cosa trovasse fondamento al suo perpetuarsi, non importava, come non importa al comune ragionamento. I problemi di indole genetica spuntano, com'è risaputo, assai tardi. Lo stato c'è, e trova la sua ragione nella sua necessità attuale: - tanto è vero, che la fantasia non ha potuto adattarsi all'idea, che una volta non ci fosse, e ne ha prolungata la esistenza congetturale fino alle prime origini del genere umano. Iddii, o semidei ed eroi ne furono gli istitutori, nella mitologia per lo meno; come nella teologia medievale il papa fa da fonte prima, e per ciò divina e perpetua, di ogni autorità. Ancora ai tempi nostri, viaggiatori inesperti e missionarii idioti trovano da per tutto lo stato, là dove non è, presso i selvaggi e i barbari, che la gens, o la tribù delle genti, o l'alleanza delle genti.

Due cose sono occorse, perché tali pregiudizii del ragionamento rimanessero vinti. In primo luogo fu necessario si riconoscesse, che le funzioni dello stato nascono, crescono, diminuiscono, si alterano e si succedono col variare di certe condizioni sociali. In secondo luogo è convenuto si arrivasse ad intendere, che lo stato esiste e si regge in quanto è ordinato a difesa di certi determinati interessi, di una parte della società, contro tutto il testo della società stessa, la quale deve esser fatta di tal modo, nel suo insieme, che la resistenza dei soggetti, dei maltrattati, degli sfruttati, o si disperda nei molteplici attriti, o trovi compenso nei parziali, per quanto miseri, vantaggi degli oppressi stessi. La miracolosa ed ammirata arte politica si risolve per ciò in un enunciato assai semplice: applicare una forza, o un sistema di forze, ad un insieme di resistenze.

Il primo e più difficile passo è fatto quando si giunge a risolvere lo stato nelle condizioni sociali, da cui esso trae origine. Ma queste condizioni sociali stesse sono state poi precisate con la teoria delle classi; la genesi delle quali è nella maniera delle varie occupazioni, data la distribuzione del lavoro, e ossia dati i rapporti che coordinano e vincolano gli uomini in una determinata forma di produzione.

A questo punto il concetto dello stato ha cessato di rappresentare la causa diretta del movimento storico, in quanto presunto autore della società: perché s'è visto, che in ogni sua forma e variazione esso non è, se non l'ordinamento positivo e forzato di un determinato dominio di classe, o di una determinata accomodazione di diverse classi. E poscia, per ulteriore conseguenza di tali premesse, si e giunti da ultimo a riconoscere, che la politica, in quanto arte di operare a disegno, è una parte assai piccola del movimento generale della storia, ed è una parte non grande della formazione e dello sviluppo dello stato stessa; nel quale molte cose, ossia molte relazioni, nascono e si svolgono per necessaria accomodazione, per tacito consenso, per subita o tollerata violenza, per intuitivo ripiego. Il regno dell'inconsapevole, nel senso di ciò che non è voluto ad arbitrio, a disegno o per elezione, ma che si determina e si fa per succedersi di abiti, di consuetudini, di accomodazioni e così via, è divenuto assai largo nel campo delle conoscenze che formano oggetto della scienza storica; e la politica, che era stata assunta a regola di spiegazione, è diventata essa stessa la cosa da spiegare.

Per quali ragioni la storia si presentasse in esclusiva veste politica gli è, dunque, oramai palese.

Ma non per questo lo stato è una semplice escrescenza, o un puro accessorio, o del corpo sociale, o della libera associazione; come è parso a tanti utopisti, e a tanti ultraliberali anarchizzanti. Se la società ha messo capo, in fino ad ora, nello stato, gli è perché di tale complemento di forza e di autorità essa ha avuto bisogno, in quanto è appunto di disuguali, per effetto delle differenziazioni economiche. Lo stato è ben qualcosa di assai reale, come sistema di forze, che mantengono l'equilibrio, o lo impongono con la violenza e con la repressione. E per esistere come tale sistema di forze è dovuto divenire ed essere una potenza economica; poggi questa nella razzia, nella preda, nella imposizione di guerra, o consista nella diretta proprietà di demanio, o si formi di volta in volta, come nel metodo moderno della pubblica finanza, che assume le simulate forme costituzionali di una pretesa autotassazione. In cotesta potenza economica, di tanto cresciuta, negli stati moderni, consiste il fondamento della sua capacità ad operare. Da essa deriva, che, per via di una nuova division del lavoro, intorno alle funzioni dello stato stesso si formino ordini e ceti speciali, ossia classi particolarissime, non esclusa quella dei parassiti.

Lo stato, che è e deve essere potenza economica, perché a difesa delle classi dirigenti sia fornito di mezzi per reprimere, per governare, per amministrare, per guerreggiare, crea per diretto o per indiretto un insieme d'interessi nuovi e particolari, i quali reagiscono necessariamente su la società. Cosicché lo stato, nell'atto che è sorto e si mantiene comc garante delle antitesi sociali, che sono conseguenza delle differenziazioni economiche, forma intorno a sé una cerchia d'interessati direttamente all'esistenza sua.

Da ciò derivano due conseguenze. Come k società non è un tutto omogeneo, anzi è un corpo di particolareggiata articolazione, anzi un multiforme complesso d'interessi antitetici, così accade, che alcune volte i reggitori dello stato tendano ad isolarsi, e in tale isolamento si contrappongano a tutta intera la società E poi in secondo luogo, accade, che organi e funzioni create la prima volta a benefizio di tutti, degenerino in abusi di consorterie, di conventicole e di camorre. Di qui le aristocrazie e le gerarchie nate dall'uso dei poteri politici, e di qui le dinastie; le quali formazioni, viste alla luce della semplice logica, paiono irrazionali del tutto.

Da che c'è storia accertata, lo stato è cresciuto o è diminuito di poteri, ma non è mai più sparito, perché mai più vennero meno, nella società dei disuguali per economica differenziazione, le ragioni per mantenere e per difendere con la forza e con la conquista, o la schiavitù, o i monopolii, o il predominio di una forma di produzione, mediante la signoria dell'uomo su gli uomini. Onde poi lo stato è diventato come l'arena di una incessante guerra civile, che vi si svolge di continuo, anche se non appaia nelle forme strepitose dei Mario e dei Silla, delle giornate di Giugno e della secessione americana. Dentro allo stato ha sempre fiorito la corruzione dell'uomo per mezzo dell'uomo; perché, se non v'è forma di dominio che non trovi resistenza, non v'è resistenza che per gli urgenti bisogni della vita non possa degenerare in rassegnata accomodazione.

Per tali ragioni le vicende storiche, viste alla superficie della monotona narrazione ordinaria, paiono come la ripetizione assai poco variata del medesimo tipo, come una specie di ritornello, o di configurazione da caleidoscopio. Non è da maravigliare che il concettualista Herbart e il maligno pessimista Schopenhauer venissero nella conclusione, che di storia come vero processo non ce n'è: il che, in volgare, si direbbe così: la storia è una canzone noiosa!

Ridotta la storia politica alla sua quintessenza, lo stato rimane chiarito in tutta la sua prosa, in cui non è più traccia, né di teologica transumanazione, né di quella metafisica transustanziazione, che ebbe tanta voga presso certi filosofi tedeschi: p. e. lo stato che è l'Idea, lo stato Idea che si esplica nella storia, lo stato che è l'attuazione piena della personalità, ed altrettali pappolate. Lo stato è un reale ordinamento di difese per garentire e perpetuare un metodo di convivenza, il cui fondamento è, o una forma di produzione economica, o un accordo ed una transazione fra diverse forme. A farla più breve, lo stato suppone, o un sistema di proprietà, o l'accordo tra più sistemi di proprietà. In ciò è il fondamento d'ogni sua arte, al cui esercizio occorre, che lo stato stesso divenga una potenza economica, e che abbia anche i mezzi e i modi per far passare la proprietà dalle mani degli uni nelle mani degli altri. Quando, per effetto di una rinnovazione acuta e violenta delle forme della produzione, occorre di provvedere ad un insolito e straordinario spostamento dei rapporti della proprietà (p. e. abolizione della manomorta e del feudo, abolizione dei monopolii commerciali), allora la vecchia forma politica è insufficiente, e la rivoluzione è necessaria per creare il nuovo organo che esegua la trasformazione economica.

Ora, fatta astrazione da' tempi antichissimi a noi ignoti, tutta la storia s'è svolta nei contatti e nei contrasti di varie tribù, e comunanze, e poi di varie nazioni e di vani stati, cioè, le ragioni delle antitesi interne nella cerchia di ciascuna società sonosi sempre andate complicando con gli attriti all'esterno. Queste due ragioni di contrasto si condizionano a vicenda, ma in modi sempre variati. Spesso è il disagio interno che spinge una comunanza o uno stato ad entrare in esterne collisioni; altre volte sono queste collisioni che alterano i rapporti interni.

Il movente precipuo dei vani rapporti tra le diverse comunanze fu dalle origini, com'è fino ad ora, il commercio nel lato senso della parola, ossia lo scambio: sia che si trattasse di cedere, come in una povera tribù, il solo esuberante, in cambio di altre cose, sia che si tratti, come oggi, della grande produzione in massa, che è fatta ad esclusivo scopo di vendere, per trarre dal danaro il danaro cresciuto d'un tanto. Cotesta enorme massa a accadimenti esterni ed interni, che si accumulano ed accavallano l'un su l'altro nella ordinaria cronistoria, turbano tanto gli storiografici espositori e compendiatori, che essi quasi si smarriscono in infiniti tentativi di artificiali raggruppamenti cronologici e prospettici. Chi invece segua lo sviluppo interno dei varii tipi sociali quanto alla loro struttura economica, e consideri le vicende politiche come particolari resultati delle forze operanti nella società, finisce da ultimo per vincere il confuso della molteplice ed incerta impressione empirica, e al posto della linea cronologica, del sincronismo e della prospettica, mette la serie concreta di un processo reale.

Innanzi a questo genere di realistiche considerazioni, cadono tutte le ideologie fondate su la missione etica dello stato, o sopra qualunque altra frase simile. Lo stato è, per così dire, messo al suo posto, e rimane come inquadrato nei contorni del divenire sociale, in quanto forma che è effetto di altre condizioni, e che a sua volta, poi che esiste, reagisce naturalmente sul resto.

E qui spunta un'altra questione.

Cotesta forma sarà superata mai? – ossia, ci può essere una società senza stato? - ovvero, ci può essere una società senza classi? – e, se giova di spiegarsi meglio, ci sarà una forma di produzione comunistica, con tale spartizione di lavoro e di ufficii, che non possa dar luogo allo sviluppo delle disuguaglianze, da cui si genera il dominio dell'uomo su l'uomo?

Nella risposta affermativa a coteste domande consiste la somma del socialismo scientifico; in quanto esso enuncia l'avvento della produzione comunistica, non come postulato di critica, né come meta di una volontaria elezione, ma come il resultato dell'immanente processo della storia.

Come è risaputo, la premessa di tale previsione è nelle condizioni stesse della presente produzione capitalistica. Questa socializza di continuo il modo del produrre, avvince sempre di più il lavoro vivo e regolamentato alle condizioni obiettive della tecnica, concentra di giorno in giorno sempre più la proprietà dei mezzi di produzione nelle mani di pochi, che come azionisti e negoziatori di azioni si trovano sempre più assenti dal lavoro immediato, la cui direzione passa all'intelligenza. Col crescere della coscienza di tale situazione nei proletarii, cui l'insegnamento della solidarietà viene dalle condizioni stesse della loro reggimentazione, e col decrescere della capacità nei detentori del capitale a conservare la privata direzione del lavoro produttivo, si verrà ad un punto in cui, di un modo o dell'altro, con la eliminazione di ogni forma di rendita, interesse e profitto privato, la produzione passerà all'associazione collettiva, ossia sarà comunistica. Così cesseranno tutte le disuguaglianze, che non siano quelle naturali del sesso, dell'età, del temperamento e della capacità; cesseranno, cioè, tutte le disuguaglianze, che hanno attinenza alle classi economiche, e anzi da queste son generate: e sparite le classi verrà meno la possibilità dello stato, come dominio dell'uomo su l'uomo. Il governo tecnico e pedagogico dell'intelligenza sarebbe l'unico ordine della società.

Per cotal via il socialismo scientifico, per ora idealmente almeno, ha superato lo stato; e superandolo lo ha inteso a fondo, così nel suo modo di origine, come nelle ragioni di sua naturale sparizione. E lo ha inteso appunto perché non gli si leva contro in modo unilaterale e soggettivo, come fecero già più volte in altri tempi cinici, e stoici, ed epicurei d'ogni maniera, e poi settarii religiosi, e cenobiti visionani, e utopisti da conventicola, e da ultimo anarchisti d'ogni tinta e colore. Anzi, più che levarglisi da sé contro, il socialismo scientifico ha mirato a mostrare, come lo stato si sollevi di continuo da sé contro se stesso, creando nei mezzi di cui non può fare a meno, p. e. colossale finanza, militarismo, suffragio universale, estensione della coltura, e così via, le condizioni della sua propria rovina. La società che lo ha prodotto lo riassorbirà: ossia, come la società, in quanto forma di produzione, eliminerà le antitesi di capitale e lavoro, così con la sparizione dei proletarii, e cessando le condizioni che rendono possibile il proletariato, sparirà ogni dipendenza dell'uomo dall'uomo, in qualunque forma di gerarchia.

I termini entro i quali s'aggira la genesi e lo sviluppo dello stato, dal suo punto iniziale di apparizione entro una determinata comunità, in cui cominciò la differenziazione economica, fino a questo momento, in cui la sua sparizione principia a disegnarsi alla mente, ce lo rendono oramai comprensibile.

E per tale comprensibilità, che lo riduce a necessario complemento di determinate forme economiche, la presunzione di considerarlo qual fattore autonomo della storia rimane eliminata per sempre.

Torna oramai cosa relativamente facile il rendersi conto del come il diritto sia stato elevato a fattore decisivo della società, e quindi della storia, per diretto o per indiretto.

Innanzi tutto è bene di ricordare per quali vie siasi formata quella concezione filosofica del diritto generalizzato, nella quale principalmente ha radice la considerazione della storia come dominata dal progresso legislativo per sé stante.

Col precoce dissolversi della società feudale in alcuni punti dell'Italia centrale e settentrionale, e col sorgere dei comuni, che furono repubbliche di produttori corporativi, e di corporazioni di mercanti, tornò in onore il Diritto Romano. Questo rifiorì nelle Università; e come rinasceva in opposizione ai diritti barbarici e in buona parte in opposizione al Diritto Canonico, era evidentemente, in tale sua rifioritura, una forma del pensiero più rispondente ai bisogni della borghesia, che cominciava a svilupparsi.

Difatti, di fronte al particolarismo dei diritti, che erano, o consuetudini di popoli barbari, o privilegi di un corpo, o concessioni papali ed imperiali, quel diritto appariva come la universalità della ragione scritta. Non era esso arrivato a considerare la personalità umana nei suoi più astratti e generali rapporti; in quanto un qualunque Tizio è capace di obbligarsi e di obbligare, di vendere e di comprare, di cedere, donare e così via? Il Diritto Romano, per quanto elaborato nella sua ultima redazione per autorità d'imperatori da giuristi servili, appariva, dunque, in sul declinare delle istituzioni medievali, come una forza rivoluzionaria, e come tale era un grande progresso. Cotesto diritto così universale, che dava i mezzi per isconvolgere e rovesciare i diritti barbarici, era certamente un diritto più rispondente alla natura umana guardata nei suoi rapporti generici; e nella sua opposizione ai diritti particolari e di privilegio appariva come un diritto di natura.

E' noto, del resto, come la ideologia del diritto di natura sia nata. E' venuta nel suo massimo fiore nei secoli decimosettimo e decimottavo; ma fu di lunga mano preparata dalla giurisprudenza che pigliava a suo fondamento il Diritto Romano, o adottato, o rimaneggiato, o commentato.

Nella formazione della ideologia del diritto naturale concorse un altro elemento, ossia la filosofia greca delle epoche posteriori. I greci, che furono gli inventori di quelle determinate arti del pensiero che sono le scienze, non trassero mai, com'è risaputo, dalle molteplici leggi locali loro una disciplina che corrisponda a ciò che noi chiamiamo giurisprudenza. Invece, per il rapido progresso della scienza astratta nell'ambito delle democrazie essi giunsero ben per tempo alle più ardite discettazioni logiche, retoriche e pedagogiche su la natura del diritto, dello stato, della legge, della pena; onde poi nella loro filosofia si trovano le forze rudimentali di tutte le discussioni posteriori. Ma solo più tardi, cioè ai tempi dell'Ellenismo, quando i confini della vita greca s'erano tanto slargati da confondersi con quelli del mondo civile, nell'ambito di quel cosmopolitismo, che portava con sé il bisogno di cercare in ogni uomo l'uomo, nacque il razionalismo del diritto, o il diritto di natura, nella forma che gli impresse la filosofia stoica. Cotesto razionalismo greco, che aveva offerto già qualche elemento formale alla codificazione logica del Diritto Romano, risorse nel secolo decimosettimo nella dottrina che fu appunto del diritto naturale.

Da varie fonti, dunque, derivò la ideologia, che è servita da arma di critica e da istrumento per dare forma giuridica all'ordinamento economico della società moderna.

Nel fatto, però, cotesta ideologia giuridica riflette, nella lotta per il diritto e contro il diritto, il periodo rivoluzionario dell'intelletto borghese. E per quanto pigli dapprima le mosse dottrinarie dal ritorno alla tradizione filosofica antica, e dalla generalizzazione della giurisprudenza romana, in tutto il resto e in tutto il suo genuino sviluppo è affatto nuova e moderna. Il Diritto Romano, per quanto generalizzato dalla scuola e dalla elaborazione moderna, rimane sempre in se stesso una raccolta di casi non dedotti da preconcezione di sistema, né preordinati dalla mente sistematica di un legislatore. E d'altra parte il razionalismo degli Stoici, e dei loro contemporanei e seguaci fu di mera contemplazione, e non produsse intorno a sé un moto rivoluzionario. L'ideologia del diritto di natura, che da ultimo ebbe nome di filosofia del diritto, fu invece sistematica, partì sempre da enunciati generali, e fu inoltre battagliera e polemica, e anzi fu alle prese con l'ortodossia, con l'intolleranza, col privilegio, coi corpi; combatté, insomma, per le libertà, che ora costituiscono i fondamenti della società moderna.

Nell'ambito di cotesta ideologia, che era un metodo di combattimento, germogliò per la prima volta, in forma tipica e decisiva, il pensiero, che c'è un diritto che è una cosa sola con la ragione. I diritti contro i quali si combatteva apparivano come una deviazione, come un regresso, come un errore.

Da questa fede nel diritto razionale nasceva la credenza cieca nella forza del legislatore, che apparisce così ravvolta nelle forme del fanatismo nei momenti acuti della Rivolozione Francese.

Di qui la persuasione, che la società tutta debba essere come investita da un solo diritto, eguale per tutti, sistematico, logico, conseguente. Di qui la convinzione, che un di-ritto il quale garentisca a tutti l'eguaglianza giuridica, che è la facoltà del contrattare, garentisca anche a tutti la libertà. E giù tutto il resto! Col trionfo del vero diritto trionfa la ragione, e la società regolata dal diritto eguale per tutti è la società perfetta!

Quali illusioni fossero in fondo a tali tendenze è inutile di dire. A che cosa dovesse riuscire cotesta liberazione universale dell'uomo, lo sappiamo già. Ma ciò che qui più importa gli è che tali persuasioni partivano da un concetto del diritto, per cui questo rimaneva come scisso dalle cause sociali che lo producono. Cosicché la ragione, cui cotesti ideologi si appellavano, si riduceva a togliere al lavoro, all'associazione, al traffico, al commercio, alle forme politiche ed alla coscienza, tutti i limiti e tutti gl'impedimenti, che tornano d'impaccio alla libera concorrenza. Come di ciò s'avesse l'esperienza nella Grande Rivoluzione del secolo passato, ho detto già nell'altro capitolo. E se c'è ora chi si ostini a discorrere di un diritto razionale, che domini la storia, di un diritto, insomma, che sarebbe un fattore anziché un semplice fatto della evoluzione storica, vuol dire che costui vive fuori del nostro tempo, e non ha inteso come la codificazione liberale ed egalitaria abbia già segnata in via di fatto la fine e il termine di tutta cotesta scuola del diritto di natura.

Per diverse vie si è giunti in questo secolo a ridurre il diritto, da cosa razionale in cosa di fatto; e perciò in cosa corrispettiva a determinate condizioni sociali.

Prima di tutto l'interesse storico, allargandosi ed approfondendosi, ha portato le menti a riconoscere, che per intendere le origini del diritto non bastava, né incominciare dalla ragione, né fermarsi all'esame del Diritto Romano. I diritti barbarici, e le usanze e le consuetudini dei popoli e delle società tanto disprezzate dai razionalisti, son tornate in onore; dico, teoricamente. Questo era il solo modo per ottenere, dallo studio delle forme più antiche, la guida ad intendere come le più recenti si fossero poi prodotte.

Il Diritto Romano codificato è una forma assai moderna; quella personalità che esso suppone, come soggetto universale, è una elaborazione di tempi avanzati, nei quali, sul cosmopolitismo dei rapporti sociali dominava una costituzione burocratico-militare. In quel mondo in cui era venuta a compimento la ragione scritta, non era più traccia di spontaneità di vita popolare, non era più democrazia. Quello stesso diritto, prima di arrivare a tale cristallizzazione, era nato e s'era svolto; e guardato nelle sue origini e nei suoi sviluppi, specie se a tale studio concorra la comparazione, apparisce in tanti punti affine alle istituzioni delle società e dei popoli creduti inferiori. Si facea dunque chiaro, che scienza vera del diritto non possa essere se non la storia genetica del diritto stesso.

Ora, mentre il continente europeo avea creato nella codificazione del diritto civile il tipo ed il testo della ragion pratica borghese, non permaneva forse in Inghilterra un'altra forma autogenetica di diritto, nata e svoltasi in modo affatto pratico, dalle condizioni stesse della società che l'ha prodotto, senza sistema, e senza che l'azione del razionalismo metodico ci avesse avuto influenza?

Il diritto che veramente esiste, ed ha valore, è dunque cosa assai più semplice e modesta, di quello che non paresse agli entusiastici decantatori della ragione scritta, della ragione imperante; ai quali può mandarsi buona la loro illusione, in quanto furono precursori ideali di una grande rivoluzione. All'ideologia bisognava sostituire la storia delle istituzioni giuridiche. La filosofia del diritto finì in Hegel; e se c'è chi voglia obiettare in nome dei libri pubblicati dappoi, dirò, che la carta stampata dai professori non è proprio e sempre l'indice del progresso del pensiero. La filosofia del diritto si converte così nella trattazione filosofica della storia del diritto. E come la filosofia storica metta capo nel materialismo economico, e in che senso il comunismo critico sia l'inversione di Hegel, non occorre qui di ripetere ancora una volta.

Cotesta rivoluzione, che pare di sole idee, non è se non il riflesso intellettuale delle rivoluzioni accadute nella vita pratica.

Nel nostro secolo il legiferare è diventato una malattia; e la ragione imperante nella ideologia giuridica è stata detronizzata dai parlamenti. In questi le antitesi degl'interessi di classe hanno assunta la forma di partiti; e i partiti si schierano pro e contro a determinati diritti; onde tutto il diritto apparisce, o come un semplice fatto, o come cosa che sia utile o non utile di fare.

Il proletariato s'è levato: e, dovunque la lotta operaia s'è precisata, i codici borghesi ne son rimasti sbugiardati. La ragione scritta si è mostrata impotente a salvare i salarii dalle oscillazioni del mercato, a garentire donne e fanciulli dagli orarii vessatorii delle fabbriche, o a trovare un solo dei suoi acuti ripieghi per risolvere il problema della disoccupazione. La sola limitazione parziale delle ore di lavoro ha dato materia ed occasione ad una lotta gigante. Piccoli e grossi borghesi, agrarii ed industriali, avvocati dei poveri e difensori della ricchezza accumulata, monarchici e democratici, socialisti e reazionarii si sono affannati a trarre in qua e in là l'azione dei poteri pubblici, e a sfruttare le contingenze della politica e l'intrigo parlamentare per trovare garenzie e difese a determinati interessi, o nella interpretazione di un diritto esistente, o nella creazione di un nuovo diritto. Buona parte di esso fu più volte rifatta; e si videro le più strane oscillazioni, dall'umanitarismo che difende anche i poveri, e per fino gli animali, alla proclamazione della legge stataria. Al diritto fu levata la maschera; e n'è rimasto profanizzato.

Ed ecco subentrato il sentimento dell'esperienza, e da questa è derivata una enunciazione tanto precisa per quanto modesta: ogni diritto fu ed è la difesa, o consuetudinaria, o autoritaria, o giudiziaria, di un determinato interesse; e di qui alla riduzione all'economia non c è che un passo.

Se la concezione materialistica è venuta da ultimo a suggellare coteste tendenze in una veduta esplicita e sistematica, gli è perché la sua orientazione è stata determinata dall'angolo visuale del proletariato. Questo è il prodotto necessario, ed è ad un tempo la condizione indispensabile di una società, nella quale tutte le persone in astratto sono eguali in diritto, ma le condizioni materiali dello sviluppo e della libertà degli individui sono disuguali. I proletarii sono le forze, per l'esercizio delle quali i mezzi di produzione accumulati si riproducono, e si rifanno in nuova ricchezza: ma essi stessi non vivono, se non reggimentandosi intorno al capitale, e dall'oggi al dimani passano nella condizione di disoccupati, di poveri e di emigranti. Essi sono l'esercito del lavoro sociale, ma i loro capi sono i loro padroni. Essi sono la negazione del giusto, nel regno del diritto; ossia sono l'irrazionale, nel preteso dominio della ragione.

Dunque la storia non fu il processo per giungere all'impero della ragione del diritto; ma non fu fino ad ora se non la serie delle mutazioni nelle forme della soggezione e della servitù. Dunque la storia consiste tutta nella lotta degl'interessi, e il diritto non è se non l'espressione autoritaria di quelli che han trionfato. Con tali enunciazioni non si giunge certo a spiegare ogni singolo diritto, che sia apparso nella storia, per via della immediata visione del rispettivo interesse. Le cose storiche sono assai complicate; ma queste enunciazioni generali bastano ad indicare lo stile e il metodo della ricerca, che si è oramai sostituita alla ideologia giuridica.

IX.

Qui vengono in buon punto alcune formule riassuntive.

Date le condizioni di sviluppo del lavoro, e dei suoi appropriati congrui istrumenti, la struttura economica della società, ossia la forma della produzione dei mezzi immediati della vita, determina sopra un terreno artificiale, in primo luogo e per diretto, tutta la rimanente attività pratice dei consociati, e il variare di tale attività nel processo che chiamiamo storia, e cioè: - la formazione, l'attrito, le lotte e la erosione delle classi; - lo svolgimento corrispettivo dei rapporti regolativi, così del diritto, come della morale; - e le ragioni e i modi di subordinazione e di soggezione, degli uomini verso gli uomini, col rispondente esercizio del dominio e dell'autorità, ciò, insomma, in cui da ultimo si origina e consiste lo stato: e determina in secondo luogo l'indirizzo, e in buona parte, e per indiretto, gli obietti della fantasia e del pensiero, nella produzione dell'arte, della religione e della scienza.

I prodotti di primo e di secondo grado, per gli interessi che creano, per gli abiti che ingenerano, per le persone che coordinano, specificandone l'animo e le inclinazioni, tendono a fissarsi e ad isolarsi come per sé stanti; e di qui nasce la veduta empirica, secondo la quale diversi fattori indipendenti, con propria efficacia e con proprio ritmo di movimento, concorrerebbero a formare il processo storico, e le rispettive configurazioni sociali che successivamente ne resultano. Fattori – se mai cotesta parola deve usarsi – veri e propri e positivi della storia, dalla sparizione del comunismo primitivo in qua, e fino ad ora, furono e sono le classi sociali, in quanto consistono in differenziazioni d'interessi, che si esplicano in determinati modi e forme di opposizione (- da cui di genera l'attrito, il moto, il processo e il progresso -).

Le variazioni della sottostante struttura (economica) della società, che a prima vista ci si manifestano intuitivamente nell'agitarsi delle passioni, si svolgono consapevolmente nelle lotte contro un diritto o per il diritto, e si avverano nello scuotimento e nella rovina di un determinato ordinamento politico, hanno, in realtà, la loro adeguata espressione solo nell'alternarsi delle relazioni esistenti fra le diverse classi sociali. E queste relazioni mutano per l'alterarsi dei rapporti, che precedentemente correano, tra la produttività del lavoro e le condizioni (giuridico-politiche) di coordinamento tra i cooperanti della produzione.

E, in fin delle fini, tali rapporti tra la produttività del lavoro e la coordinazione dei cooperanti si alterano per il mutare degli istrumenti (- nel senso lato della parola -) occorrenti alla produzione. Il processo ed il progresso della tecnica, come sono l'indice, così sono la condizione di ogni altro processo e progresso.

La società è per noi un dato, che noi non possiamo risolvere, oltre a quella maniera di analisi, che si fa riducendo le forme complesse alle più semplici, le moderne alle più antiche: il che è rimanere, però, sempre nel fatto di una società che esiste. La storia non è se non la storia della società; - ossia è la storia del variare della cooperazione umana, dall'orda primitiva allo stato moderno, dalla lotta immediata contro la natura, con pochi ed elementarissimi istrumenti, fino alla struttura economica presente, che culmina nella polarità tra lavoro accumulato (capitale) e lavoro vivo (i proletarii). Risolvere il complesso sociale in semplici individui, e ricomporlo poi con escogitati atti di elezione e di volontà; - costruire, insomma, la società coi ragionamenti, significa sconoscere la natura obiettiva e l'immanenza del processo storico.

Le rivoluzioni, nel senso più esteso della parola, e poi in quello specifico di rovina di un ordinamento politico, segnano le vere e proprie date delle epoche storiche. Guardare di lontano, nei loro elementi, nella loro preparazione e nei loro effetti a lunga scadenza, esse possono parere come i momenti di una evoluzione costante, a minimi di variazione: ma considerate per se stesse sono definite e precise catastrofi; e solo come tali catastrofi hanno carattere di accadimento storico.

X.

Per fino, dunque, la morale, e l'arte, e la religione e la scienza sarebbero prodotti delle condizioni economiche? – anzi esponenti delle categorie di queste condizioni medesime? – ovverosia efflussi, ornamenti, irradiazioni e miraggi dei materiali interessi?

Enunciati di cotesto genere, o a un dipresso, e così crudi e nudi, corrono già da un pezzo per le bocche di molti, e tornano di comodo ausilio agli avversarii del materialismo, cui giova di usarne come di opportuno spauracchio. I pigri, che son poi moltissimi anche fra i così detti intellettuali, si accomodano ben volentieri alla grossolana accettazione di tali pronunciati; come chi ripari con la mente in novello asilo dell'ignoranza. Che bella festa e che bella allegria dev'esser mai cotesta per tutti gl'indolenti; di avere, cioè, una buona volta compendiato in breve giro di pochissime proposizioni tutto lo scibile, per poi dischiudere tutti i segreti della vita con una sola ed unica chiave! Tutti i problemi dell'etica, dell'estetica, della filologia, della critica storica, e della filosofia ridotti ad un problema solo, senza tanti rompicapo! E su cotesto andare gli sciatti semplicioni potrebbero ridurre tutta la storia all'aritmetica commerciale; e da ultimo una nuova interpretazione autentica di Dante potrebbe darci la Divina Commedia illustrata coi conti delle pezze di panno, che gli astuti mercanti fiorentini vendeano con tanto profitto loro!

La verità è questa, che, cioè, gli enunciati che implicano problemi, si convertono assai facilmente in volgari paradossi nelle teste di coloro, che non siano assuefatti a vincere le difficoltà del pensare con l'uso metodico dei mezzi congrui. Ora dei precisi termini di tali problemi toccherò qui in genere, ma in modo quasi aforistico: perché, veramente, io non intendo di descriver fondo all'universo, in questo breve saggio, che non ha poi da essere una enciclopedia.

La morale innanzi tutto.

Non dico dei sistemi e dei catechismi, o religiosi, o filosofici. Gli uni e gli altri

56

stettero e stanno al di sopra del corso ordinario e profano delle cose umane, nella più parte dei casi, come le utopie stanno al di sopra delle cose. Né dico di quelle analisi formali dei rapporti etici, che son venute tanto raffinandosi dai Sofisti ad Herbart. Ciò è scienza, e non è vita. Ed è scienza formale, come la logica, la geometria e la grammatica. L'ultimo acuto ritrovatore e definitore di tali rapporti etici, che è appunto Herbart, sapea bene che le idee, ossia i punti di vista formali del giudizio morale, sono per sé impotenti. E per ciò egli ripose nelle circostanzialità della vita, e nella formazione pedagogica del carattere, la realtà dell'etica. Parrebbe Owen, se non fosse stato un codino.

Dico, invece, di quella morale, che esiste prosaicamente, e in modo empirico ed ovvio, nelle inclinazioni, negli abiti, nelle consuetudini, nei consigli, nei giudizii e nelle valutazioni degli uomini di tutti i giorni. Dico di quella morale, che come suggestione, come spinta e come remora, si forma in vario grado di sviluppo, e con maggiore o con minore evidenza, ma a frammenti, in tutti e singoli gli uomini; per il fatto stesso che convivendo essi, ed occupando ciascuno una posizione determinata nell'ambito della convivenza, riflettono naturalmente e necessariamente su le opere proprie e su le opere altrui, e concepiscono aspettazioni ed apprezzamenti, e primissimi elementi di massime generali.

Questo è il factum; e ciò che più importa è, che questo factum ci si presenta vario e molteplice nelle diverse condizioni della vita, e variabile attraverso alla storia. Questo factum è il dato della ricerca. I fatti non sono né veri, nè falsi, come già sapeva Aristotele. I sistemi, invece, siano essi teologici o razionalistici, possono essere veri o falsi; come quelli che si argomentano di intendere, di spiegare e di completare il fatto, riconducendolo ad altro, o integrandolo con altro.

Alcuni punti di teoria pregiudiziale sono oramai messi in sodo, per rispetto alla interpretazione di questo factum.

Il volere non vuole se stesso, da se stesso; come era parso agl'inventori di quel libero arbitrio, che rivelava solo l'impotenza di una analisi psicologica, non giunta per anche a maturità. Le volizioni, in quanto fatto consapevole, sono espressione particolare del meccanismo psichico; sono resultato, alla prima, dei bisogni, e poi di tutto ciò che giù giù li precede, fino alla elementarissima motilità organica.

La morale non pone né genera se stessa. Non istà, cioè, a fondamento universale dei varii e variabili rapporti etici quell'ente spirituale, che fu detto la coscienza morale, una ed unica per tutti gli uomini. Questo ente astratto fu eliminato dalla critica, come tutti gli altri enti simili, ossia come tutte le così dette facoltà dell'anima. Che spiegazione dei fatti era mai quella, in vero, che supponea la generalizzazione del fatto stesso, come mezzo per ispiegarlo;

quando, p. e. si ragionava così: le sensazioni, le percezioni, le intuizioni a un certo punto si trovano fantasticate, ossia alterate, dunque la fantasia le ha trasmutate? A tale genere di escogitazioni appartiene la così detta coscienza morale, che fu assunta a presupposto delle condizionate valutazioni etiche. La coscienza morale, che realmente esiste, è un fatto empirico; è un indice, ossia un riassunto, della relativa formazione etica di ciascun individuo. Se scienza qui ci ha da essere, essa non può spiegare le relazioni etiche per via della coscienza, ma deve appunto intendere come tale coscienza si vada formando.

Se i voleri derivano, e se la morale resulta dalle condizioni della vita, l'etica, nel suo insieme, non è che una formazione; ossia il suo problema si risolve in quello della pedagogica.

C'è una pedagogica, direi individualistica e soggettiva, la quale, supposte le condizioni generiche della perfettibilità umana, costruisce delle regole astratte, per mezzo delle quali gli uomini, che sono in via di formazione, sarebbero condotti ad essere forti, coraggiosi, veritieri, giusti, benevoli, e così via per tutta la distesa delle virtù cardinali e secondarie. Ma può essa, la pedagogica soggettiva, costruire da sé il terreno sociale sul quale tutte coteste belle cose avrebbero a realizzarsi? Se lo costruisce, essa disegna semplicemente un'utopia.

Perché davvero il genere umano, nel rigido corso del suo divenire, non ebbe mai tempo e modo di andare a scuola da Platone o da Owen, da Pestalozzi o da Herbart. Anzi ha fatto come gli è stato forza di fare. Gli uomini, che presi in astratto son tutti educabili e perfettibili, si son perfezionati ed educati sempre quel tanto, e nella misura che essi potevano, date le condizioni di vita in cui è stato loro necessità di svolgersi. Se mai, questo è appunto il caso in cui la parola ambiente non è metafora, e l'uso del termine accomodazione non è di traslato. La morale effettiva ci si presenta sempre come qualcosa di condizionato e di limitato, che la fantasia ha cercato poi di superare, o escogitando le utopie, o creando un soprannaturale pedagogo, o una miracolosa redenzione.

Perché lo schiavo avrebbe dovuto avere lui gli intendimenti, e le passioni, e i sentimenti del suo temuto signore? Come farebbe il contadino a liberarsi dalle invincibili superstizioni, cui lo condannano la immediata dipendenza dalla natura, la mediata dipendenza dall'ignorato meccanismo sociale, e la fiducia cieca nel prete, che gli tien luogo di mago e di fattucchiero? Per quali vie mai il proletario moderno delle grandi città industriali, esposto com'è di continuo alle variabili vicende della miseria e della soggezione, potrebbe raggiungere l'ordinato e monotono tenore di vita, che fu proprio dei membri delle corporazioni artigiane, la cui esistenza pareva come inquadrata in un provvidenziale disegno? Da quali elementi intuitivi di esperienza quel mercante di maiali di Chicago, che regala all'Europa tanti prodotti a buon prezzo, dovrebbe ritrarre le condizioni di serenità e di elevazione spirituale, che conferivano all'ateniese le doti dell'uomo bello-e-buono, e al civis romanus la dignità dell'eroismo? Quale potenza di docili persuasive cristiane strapperà dall'animo dei proletarii moderni le ragioni naturali dell'odio contro gl'indeterminati o determinati oppressori loro? Perché, a volere che giustizia ci sia e si faccia, occorre loro di appellarsi alla violenza; e perché l'amore del prossimo, come legge universale, paia loro plausibile, devono essi immaginare una vita assai difforme dalla presente, che fa dell'odio una necessità, come di debito da scontare. In questa società delle differenziazioni, l'odio, l'orgoglio, la ipocrisia, la menzogna, la viltà, l'ingiustizia, e tutto il catechismo dei vizi cardinali e loro accessorii, fanno da triste riscontro, e anzi da satira, alla morale eguale per tutti.

Dunque l'etica si risolve a un certo punto nello studio storico delle condizioni soggettive ed oggettive del come la morale si sviluppi, o trovi impedimento a svilupparsi. In ciò solo, ossia entro questi termini, ha valore l'enunciato, che la morale è corrispettiva alle situazioni sociali, e ossia, in ultima analisi, alle condizioni economiche. A qualche cretino soltanto può esser passato per il capo di dire, che la morale individua di ciascun uomo sia rigorosamente proporzionale alla sua individua situazione economica. Ciò è non solo empiricamente falso, ma è intrinsecamente irrazionale. Data la elasticità del meccanismo psichico, non è possibile mai di ridurre lo sviluppo dei singoli individui esclusivamente al tipo della classe o dello stato sociale. Qui si tratta dei fenomeni di massa; di quei fenomeni che formano, o dovrebbero formare, l'oggetto della statistica morale: disciplina cotesta che è rimasta fin ad ora incompleta, perché ha assunto ad oggetto delle sue combinazioni i gruppi che essa stessa crea, sommando i numeri dei casi (p. e. adulterii, furti, omicidii), e non quei gruppi che come classi, condizioni e situazioni realmente, ossia socialmente, esistono.

Raccomandare agli uomini la morale, supponendone o ignorandone le condizioni, ecco quale fu fin ad ora la mira ed il genere di argomentazione di tutti i catechisti. Riconoscere che queste condizioni son date dal circostanziato ambiente sociale, ecco ciò che i comunisti contrappongono all'utopia ed alla ipocrisia dei predicatori di morale. E in quanto vedono nella morale, non un privilegio di predestinati, né un dono della natura, ma una resultante della esperienza e della educazione, essi riconoscono la perfettibilità umana per ragioni ed argomenti che, sono, dirò, più morali ed ideali di quelli che furono di solito e spensieratamente accampati dagli ideologisti.

In altri termini, l'uomo sviluppa, ossia produce se stesso, non come ente genericamente fornito di certi attributi, che si ripetano o si svolgano secondo un ritmo razionale; ma produce e sviluppa se stesso, come causa ed effetto, come autore e conseguenza ad un tempo, di determinate condizioni, nelle quali si generano anche determinate corretni di idee, di opinioni, di credenze, di fantasia, di aspettazioni, di massime. Di qui nascono le ideologie di ogni maniera, come anche le generalizzazioni della morale in catechismi, in canoni e sistemi. Non è quindi da meravigliare se coteste ideologie, un avolta che sian nate, vengano poi coltivate a parte per forza di astrazione: tanto che da ultimo paiono come distaccate dal terreno di vita in cui son sorte, e quasi stessero al di sopra degli uomini, a guisa di imperativi e di modelli. Preti e addottrinati di ogni maniera provvidero per secoli a questo lavoro di astrazione, e a mantenere le illusioni che ne risultano. Ora che furon ritrovate le fonti positive di tutte le ideologie nel meccanismo della vita stessa, si tratta di spiegare realisticamente il loro modo di generarsi. E come ciò vale di tutte le ideologie, così vale in particolare di quelle che consistono nel proiettare fuori dei loro termini naturali e diretti le valutazioni etiche, per farne, o delle anticipazioni di divini comandi, o dei presupposti di universali suggestioni dclla coscienza.

Ciò costituisce l'obietto di speciali problemi storici. Non sempre si trova il bandolo, che lega certe ideazioni etiche a determinate condizioni pratiche. La concreta psicologia sociale dei tempi passati ci riesce spesso impenetrabile. Spesso le cose più ovvie ci riescono inintelligibili; p. e., gli animali ritenuti per immondi, o la origine della repugnanza al matrimonio tra persone in lontani gradi di parentela. Un procedere cauto ci porta a conchiudere, che di molti particolari rimarranno sempre ascosi i motivi. Ignoranza, superstizione, singolari illusioni, simbolismi, ecco, con tante altre, le cause di quell'inconsapevole che si trova spesso nei costumi, che per noi costituisce ora l'insaputo e il non conoscibile.

La causa precipua di tutte le difficoltà sta appunto nella tardiva apparizione di ciò che chiamiamo ragione; cosicché le tracce dei motivi prossimi delle ideazioni sono andate perdute, o rimasero involute nelle ideazioni stesse.

Corre assai più spiccio il ragionamento su la scienza.

Di questa fu scritta per gran tempo la storia in modo ingenuo. Dato ed ammesso che le singole scienze avessero il loro compendio nei manuali e nelle enciclopedie, pareva bastasse di ritrovare cronologicamente l'apparizione dei singoli enunciati, risolvendo l'insieme del riassunto sistematico negli elementi di cui esso s'è andato successivamente componendo. Il presupposto generale era altrettanto semplice: - in fondo a questa cronologia c'è la ragione che si svolge e progredisce.

Codesto metodo, se metodo può chiamarsi, recava in sé questo piccolo inconveniente: che, cioè, lasciava tutto al più intendere come da scienza che già esista derivi altra scienza a fil di ragione, ma non lasciava punto intravvedere, per quali condizioni di fatto gli uomini fossero spinti a trovare la prima volta la scienza; ossia a ridurre in una determinata e nuova forma la meditata esperienza. Si trattava, insomma, di ritrovare, perché storia effettiva della scienza ci sia, la origine del bisogno scientifico; il che poi lega in via genetica questo agli altri bisogni, nella continuità del processo sociale.

I grandi progressi della tecnica moderna, nella quale veramente consiste la sostanza intellettuale dell'epoca borghese, han fatto tra gli altri miracoli anche questo, di rivelarci per la prima volta la origine pratica del tentativo scientifico. (O tu indimenticabile Accademia fiorentina, che pigliasti nome dal cimento, quando l'Italia era al crepuscolo di sua passata grandezza, e la società moderna era all'aurora della nuova epoca della industria.) E oramai noi siamo in grado di ritrovare il filo conduttore di ciò che per astrazione si chiama spirito scientifico: né alcuno si maraviglia più, che tutto nelle scoverte scientifiche sia proceduto come nei primissimi tempi, quando la rozzissima elementare geometria degli egizii ebbe origine dal bisogno di misurare i campi esposti all'annua inondazione del Nilo, e la periodicità di tali inondazioni suggerì, ivi stesso nell'Egitto e nella Babilonide, di ritrovare i rudimenti dei giri astronomici.

E' certamente vero sì, che a scienza avviata, e in parte maturata, come già accadde nel periodo ellenistico, il lavoro di astrazione, di deduzione e di combinazione si continua nella cerchia degli addottrinati in modi, che apparentemente obliterano la coscienza delle cause sociali del primo prodursi della scienza stessa. Ma se noi guardiamo a grandi tratti le epoche dello sviluppo della scienza, e confrontiamo i periodi che gl'ideologi chiamerebbero di progresso e di regresso della intelligenza, ci si palesa la ragione sociale degl'impulsi, ora crescenti ed ora decrescenti, per rispetto all'attività scientifica. Che bisogno avea la società feudale dell'Occidente di Europa, di quelle scienze antiche, che i bizantini serbavano almeno materialmente, mentre gli arabi nei loro vari dominii, o liberi agricoltori, o industriosi artigiani, o operosi commercianti, eran portati a crescere di tanto? E che è la Rinascenza, se non il ricongiungimento dell'iniziale moto della borghesia con la tradizione del sapere antico, ridiventato usabile, e quindi capace di dichiarazione? Che cosa è tutto l'accelerato moto del sapere scientifico, dal secolo decimosettimo in qua, se non la serie degli atti compiuti dall'intelletto scaltrito dall'esperienza, per assicurare al lavoro umano, nelle forme di una raffinata tecnica, il dominio su le condizioni e forze naturali? Di qui la guerra all'oscurantismo, alla superstizione, alla chiesa, alla religione; di qui il naturalismo, l'ateismo, il materialismo, di qui l'inaugurato dominio della ragione. L'epoca borghese è l'epoca delle menti dispiegate (Vico). E' bene di ricordare, che quel governo del Direttorio, che fu il prototipo ed il compendio di tutta la corruzione liberalesca, fu il primo che introdusse nella Università e nell'Accademia formalmente e solennemente la scienza della libera ricerca: e c'entrò Lamarck! Questa scienza, che l'epoca borghese per le sue stesse condizioni ha così fomentato e fatto crescere gigante, è il solo retaggio dei secoli passati, che il comunismo accetti e faccia suo senza riserve.

Né metterebbe conto qui di fermarsi a dichiarare la pretesa antitesi fra scienza e filosofia. Fatta eccezione di quei modi di filosofare, che si confondono con la mistica o con la teologia, filosofia non vuol dire mai scienza o dottrina a parte di cose proprie e particolari, ma è semplicemente un grado, una forma, uno stadio del pensiero, per rispetto alle cose stesse che entrano nel campo della esperienza. La filosofia è, per ciò, o anticipazione generica di problemi, che la scienza deve ancora elaborare specificatamente, o è riassunto ed elaborazione concettuale dei resultati cui le scienze siano già giunte. Di quelli, che, tanto per non parere antiquati, parlano di filosofia scientifica, - se non si vuol tenere, in un certo conto la punta umoristica di cotesta espressione, che respinge ogni forma di teologia e di mero tradizionalismo, - bisogna dire che sarebbero dei fatui, se credessero di rappresentare una scuola od una tendenza a parte.

Dicevo qui poco innanzi, nell'enunciar delle formule, che la struttura economica determina in secondo luogo l'indirizzo, e in buona parte e per indiretto gli obieti della fantasia e del pensiero, nella produzione dell'arte, della religione e della scienza. A dire altrimenti di così, ed oltre di così, sarebbe come mettersi volontariamente su la via dell'assurdo.

Innanzitutto con tale enunciato si combatte il fantastico assunto ideologico, che arte, religione e scienza siano svolgimenti subiettivi e svolgimenti storici di un preteso spirito artistico, religioso, o scientifico, il quale s'andrebbe manifestando successivamente per un proprio ritmo di evoluzione, qua e là sussidiato o impedito dalle condizioni materiali. Con tale enunciato si vuole affermare, inoltre, la necessaria connessione, per la quale ogni fatto dell'arte e della religione è l'esponente sentimentale, fantastico, e ossia derivato, di determinate condizioni sociali. Se dico in secondo luogo, gli è per distinguere questi prodotti dai fatti di ordinamento giuridico-politico, che sono vera e propria obiettivazione dei rapporti economici. E se dico in buona parte e per indiretto degli obieti di tali attività, gli è per indicare due cose: e cioè, che nella produzione artistica e religiosa la mediazione dalle condizioni ai prodotti è assai complicata, e poi che gli uomini, pur vivendo in società, non cessano per ciò solo di vivere anche nella natura, e di ricevere da questa occasione e materia alla curiosità ed al fantasticare.

Al postutto tutto ciò si riduce ad una enunciazione più generale: l'uomo non percorre più storie in uno e medesimo tempo; ma tutte le pretese varie storie (arte, religione, etc.) ne fanno una sola. E ciò non può vedersi perspicuamente se non nei momenti caratteristici e significativi della produzione di cose nuove, ossia nei periodi che dirò rivoluzionarii. Più tardi, l'acquiescenza nelle cose prodotte, e la ripetizione tradizionale di un determinato tipo, obliterano il senso delle origini.

Si provi alcuno a distrarre l'ideologia delle favole, che stanno in fondo ai poemi omerici, da quel momento dell'evoluzione storica, in cui spunta l'aurora della civiltà ariana nel bacino del Mediterraneo; da quella fase, cioè, della barbarie superiore, nella quale nasce, così in Grecia come altrove, l'epos genuino. Faccia conto altri di immaginare, che il cristianesimo nascesse e si sviluppasse altrove che nella cerchia del cosmopolitismo romano, e altrimenti che non per opera di quei proletarii, di quegli schiavi, di quei derelitti, di quei disperati, ai quali occorreva la redenzione, l'apocalissi, e la promessa del regno di Dio. Trovi chi voglia il modo di fingere, che nel bel mezzo della Rinascenza spuntasse fuori la romantica, che appena s'accenna nel decadente Torquato Tasso; o faccia di attribuire a Richardson o a Diderot il romanzo di Balzac, nel quale apparisce, come in contemporaneo della prima generazione del socialismo e della sociologia, la psicologia delle classi. Lassù, in dietro in dietro, alle prime origini delle ideazioni mitiche, ci è chiaro che Zeus non assunse i caratteri di padre degli uomini e degli dei, se non quando la patria potestà era già stabilita, e cominciava l'inizio di quella serie di processi, che mettono capo nello stato. Zeus cessò così di essere ciò che era stato prima, cioè il semplice divo (ossia lucente), o il tonante. Ed ecco quaggiù ad un punto opposto della evoluzione storica, gran numero di pensatori del secolo scorso riducono a un solo dio astratto, che è semplice reggitore del mondo, tutta la variopinta immagine dell'ignoto e del trascendente, che s'era esplicata in tanto lusso di creazioni mitologiche, cristiane o pagane. L'uomo si sentiva più a casa sua nella natura, per via dell'esperimento, e si sentiva più atto a penetrare l'ingranaggio della società, di cui possedeva in parte la scienza. Il miracoloso gli si assottigliava nella mente, tanto che il materialismo e il criticismo han potuto di poi eliminare cotesto povero residuo di trascendenza, senza metter mano alla guerra contro gli dei.

C'è sì una storia delle idee ma questa non consiste nel circolo vizioso delle idee che spieghino se stesse. Si tratta di risalire dalle cose all'ideato. Questo è un problema: anzi in ciò è una moltitudine di problemi, tante son varie, molteplici, multiformi ed intricate le proiezioni che gli uomini han fatto di sé e delle loro condizioni economico-sociali, e quindi delle loro speranze e dei loro timori, delle loro aspettazioni e dei loro disinganni, nelle ideazioni artistiche e religiose. La linea di metodo è trovata, ma la esecuzione particolare non è facile. Soprattutto bisogna guardarsi dalla tentazione scolastica di dedurre i prodotti dell'attività storica, che si esplica nell'arte e nella religione. È sperabile che i filosofi alla Krug, che deduceva dialetticamente la penna con la quale scriveva, sian rimasti in perpetuo sepolti nelle note della Logica di

Hegel, ove s'accenna a tale bizzarria.

Alcune difficoltà vogliono essere qui precisate.

In ogni tentativo di riduzione dei prodotti secondarii (p. e. arte e religione) alle condizioni sociali, che in quelli vengono ad essere idealizzate, ci occorre di formarci un lungo abito circa la psicologia sociale specificata, nella quale la trasformazione si avvera. In ciò consiste la ragion d'essere di quell'insieme di relazioni, che con altre forme di dicitura vengono p. e. designate, come mondo egiziano, coscienza greca, spirito della Rinascenza, idee dominanti, psicologia dei popoli, della società o delle classi. Quando cotesti rapporti si sono costituiti, e gli uomini si sono assuefatti a certe ideazioni, e a certi modi di credenza o di fantasia, le ideologie trasmesse per tradizione tendono a cristallizzarsi. E per ciò appariscono come una forza che resista al nuovo; e come questa resistenza si manifesta nella parola, nello scritto, nella intolleranza, nella polemica, nella persecuzione, così la lotta fra le nuove e le vecchie condizioni sociali assume la forma di una contesa per le idee.

In secondo luogo, attraverso ai secoli della storia propriamente detta, così per la eredità della selvatica preistoria, come per le condizioni di soggezione e quindi di inferiorità, nella quale la più parte degli uomini furono e sono tenuti, si è prodotta una acquiescenza nel tradizionale, per cui le vecchie tendenze si perpetuano come ostinate sopravvivenze.

In terzo luogo, come già dissi, gli uomini, vivendo socialmente, non cessano di vivere anche nella natura. A questa non sono certo legati come gli animali, perché vivono sopra un terreno artificiale. Ognuno del resto capisce, che la casa non è la grotta, l'agricoltura non è il pascolo naturale, e la farmacia non è l'esorcismo. Ma la natura è sempre il sottosuolo immediato del terreno artificiale, ed è l'ambito che tutti ci recinge. La tecnica ha messo fra noi animali sociali e la natura i modificatori, i deviatori, gli allontanatori degl'influssi naturali; ma non ha perciò distrutta la efficacia di essi, e noi anzi di continuo la sentiamo. E come noi nasciamo naturalmente maschi e femmine, moriamo quasi sempre nostro malgrado, e siamo dominati dall'istinto della generazione, così noi portiamo anche nel temperamento condizioni specifiche, che l'educazione nel lato senso della parola, ossia l'accomodazione sociale, può modificare sì, entro certi limiti, ma non può mai distruggere. Queste condizioni di temperamento ripetute in più esemplari, e derivatesi in più esemplari attraverso i secoli, costituiscono ciò che si chiama carattere etnico. Per tutte coteste ragioni, la nostra dipendenza dalla natura, per quanto diminuita dai tempi della preistoria in qua, si continua nel nostro vivere sociale; come in questo si continua anche l'alimento che dallo spettacolo della natura stessa viene alla curiosità ed alla fantasia. Ora cotesti effetti della natura, coi sentimenti immediati o mediati che ne resultano, per quanto avvertiti, da che c'è storia, solo attraverso l'angolo visuale che ci è offerto dalle condizioni della società, non mancano mai di riflettersi nei prodotti dell'arte e della religione; la qual cosa complica le difficoltà della interpretazione realistica e piena dell'una e dell'altra.

XI.

Usando di questa dottrina, come di nuovo principio di ricerca, come di preciso mezzo di orientazione, e come di determinato angolo visuale, si potrà poi, da ultimo, riuscire ad un rifacimento narrativo ed espositivo della storia?

Alla domanda generica non si può a meno di dare, in genere, una risposta affermantiva. Perché, in effetti, se si dà il caso, che il comunista critico, ossia il sociologo del materialismo economico, o come ora volgarmente dicesi, il marxista, abbia la necessaria preparazione critica, e l'abito della trattazione storica, e poi le doti di esposizione che occorrono alla narrazione ordinata ed efficace, non c'è ragione per affermare, che egli non possa scrivere la storia, come fino ad ora la scrissero i seguaci di ogni altra scuola politica.

Ecco lì l'esempio di Marx in persona, nel quale è un argomento di fatto, che non ammette replica. Lui, che fu il primo e principale ritrovatore dei concetti decisivi di questa dottrina, la ridusse ben presto in istrumento di orientazione politica, da pubblicista insuperato, durante il periodo rivoluzionario del 1848-50. E poi la plasmò con la massima precisione, in quel saggio che s'intitola del: Diciotto Brumaio di Luigi Bonaparte, del quale ora può dirsi, a tanta distanza di anni, e dopo tante pubblicazioni, che fatta eccezione di qualche minuto particolare e di qualche errata previsione, non ci sarebbe modo di arrecarvi, né correzioni, né complementi notevoli. Né starò qui a ripetere, a guisa di chi faccia una bibliografia, l'elenco dei varii scritti attinenti all'applicazione della dottrina, o del Marx stesso o dell'Engels - il quale ultimo, dalla Guerra dei contadini (1890) fino allo scritto postumo su le Origini della presente unità di Germania, ne ha lasciato tanti saggi, - o degli immediati continuatori loro, e dei volgarizzatori del socialismo scientifico. Per fino nella stampa socialistica si trovano, di tanto in tanto, dei preziosi saggi di spiegazione delle vicende politiche attuali, nei quali, appunto per effetto del materialismo storico, tu riconosci una chiaroveggenza e perspicuità, che invano cercheresti negli scrittori e nei polemisti, che non hanno ancora squarciati i veli fantastici e gl'involucri ideologici della storia.

Non è il caso, in somma, di assumersi la difesa di una tesi astratta, come userebbe un causidico. Gli è, per fermo, evidente, che come tutte le storie, che furono fino ad ora scritte, c'è sempre in fondo, se non proprio nelle esplicite intenzioni degli scrittori, di certo nell'animo loro, una tendenza, un principio, una veduta generale della vita; così questa dottrina, che ha messo definitivamente ordine alla considerazione obiettiva della struttura sociale, debba da ultimo dirigere con precisione la ricerca storica, e debba metter capo in una narrazione piena, trasparente ed integrale.

I sussidi certamente non mancano.

L'Economia, che, come oramai tutti vedono, nacque e si svolse come la scienza della produzione borghese, dopo essersi imbaldanzita nella illusione di rappresentare le leggi assolute di ogni forma di produzione, per la dura lezione delle cose entrò poi, a un certo punto, come tutti sanno, in un periodo di autocritica. Come da questa autocritica per un verso è nato il comunismo critico, così per un altro verso, per opera, cioè, dei più tiepidi, e savii e discreti della tradizione accademica, è nata la scuola storica dei fenomeni economici. Per fatto e merito di cotesta scuola, e per effetto della applicazione dei metodi descrittivi e comparativi, oramai siamo in possesso di un vastissimo materiale di cognizioni circa le varie forme storiche della economia, dai fatti più complessi e specificati per differenze essenziali di tipo, fino alla particolareggiata azienda di un monastero, o di una corporazione artigiana medievale. Lo stesso è accaduto della Statistica, la quale, mettendo in uso molti mezzi di combinazione delle fonti, riesce oramai a portar luce, con sufficiente approssimazione, sul movimento della popolazione nei secoli passati.

Cotesti studii non si fanno, certo, nell'interesse della nostra dottrina, anzi il più delle volte con animo ostile al socialismo; del che non si avvedono quegli asineschi leggitori di carta stampata, i quali così spesso confondono la storia economica, l'economia storica, ed il materialismo storico. Ma cotesti studii, oltre che per il materiale difatti che raccolgono e dichiarano, son notevoli in quanto documentano il progresso, che va tuttodì facendo la storia interna, la quale, poco per volta, si sostituisce a quella storia esterna, che per secoli fu in modo esclusivo trattata da letterati e da artisti.

Buona parte di cotesti materiali raccolti va di continuo soggetta a nuova correzione; come accade, del resto, in ogni campo di cognizioni empiriche, le quali di continuo oscillano tra il creduto certo, il semplice probabile, e ciò che deve essere più tardi, o integrato, o eliminato. Né le illazioni e le combinazioni degli storici della economia, o di quelli che narrano la storia in genere sul filo conduttore dei fenomeni economici, son sempre tanto plausibili e concludenti, che non si senta il bisogno di dire: qui conviene ricominciar da capo. Ma ciò che sta indubitabile è il fatto, che presentemente tutta la storiografia tende a diventare una scienza, o, meglio, una disciplina sociale; e quando questo moto, per ora incerto e multiforme, verrà a compimento, gli sforzi degli eruditi e dei ricercatori metteranno capo inevitabilmente nella accettazione del materialismo economico. Per tale incidenza di sforzi e di lavori scientifici, che partono da così diversi punti, la concezione materialistica di tutta la storia finirà per penetrare le menti, come una definitiva conquista del pensiero; il che toglierà, in fine, ai fautori e agli avversarii la tentazione di parlarne, pro e contro, come usa delle tesi di partito.

Oltre ai sussidii diretti, qui innanzi accennati, la nostra dottrina ne ha di molti altri indiretti; come ha anche degli istruttivi riscontri in molte delle discipline, nelle quali, per la maggiore semplicità dei rapporti, fu più agevole l'applicazione del metodo genetico. Il caso tipico è nella glottologia, e in modo specialissimo in quella che ha per oggetto le lingue ariane.

Dalla evidenza e perspicuità di processo, di analisi e di ricostruzione che è propria di tali discipline, e specie della glottologia, gli è certo, fino ad ora, assai remota l'applicazione del materialismo storico. Sarebbe per ciò un vano tentativo quello di provarsi, fin da ora, a scrivere una sinossi della storia universale, che avesse a svolgere tutte le varie forme della produzione, per poi inferirne tutto il resto dell'attività umana, in modo particolare e circostanziale. Allo stato presente degli studii, chi tentasse cotesto compendio di nuova Kulturgeschichte non farebbe se non di ritradurre in fraseologia economica i punti di orientazione generale, che in altri libri, p. e. nell'Hellwald, son di fraseologia, darwiniana.

Ci corre molto dalla accettazione di un principio, alla applicazione completa e particolareggiata di esso a tutta una vasta provincia difatti, o ad un grande intreccio di fenomeni.

Per ciò l'applicazione della nostra dottrina deve tenersi, per ora, nella esposizione e trattazione di determinate parti della storia. Chiarissime sopra tutte le altre sono le formazioni moderne, alla intelligenza delle quali concorrono, con pari evidenza, così gli sviluppi economici della borghesia, come la dichiarata conoscenza dei vani impedimenti che essa ebbe a superare nei diversi paesi, e quindi lo svolgersi delle varie rivoluzioni, intesa cotesta parola nel più lato senso. Riesce di quasi eguale chiarezza, agli occhi nostri, la preistoria prossima della borghesia in sul declinare del Medioevo; dove non sarebbe difficile di trovare, p. e. nell'individuato sviluppo della città di Firenze, una serie documentata di svolgimenti nei quali il movimento economico e statistico trova completo riscontro nei rapporti politici, e sufficiente illustrazione nello sviluppo contemporaneo della intelligenza, già ridotta in prosa, e spoglia in buona parte di illusioni ideologiche. Né sarebbe fuori d'ogni probabilità il ridurre, fin da ora, sotto il determinato e preciso angolo visuale del materialismo tutta la storia romana antica. In questa, e specie nel periodo primitivo, fanno difetto le fonti dirette, le quali per converso son tanto abbondanti in Grecia, dalla tradizione popolare e dall'epos, e dall'autentica iscrizione giuridica, fino alla trattazione prammatica delle connessioni storico-sociali. Ma in Roma, invece, le lotte pei diritti politici recano in sé quasi sempre le ragioni economiche su cui poggiano; dal che poi procede, che il deperire di determinate classi, e il formarsi di nuove classi, e il moto della conquista, e il cambiar delle leggi e delle forme dell'apparato politico, tornino tanto evidenti. Cotesta storia romana è dura e prosaica; né si veste mai di quei complementi ideologici che furon proprii della vita greca. La prosa rigida della conquista, della studiata colonizzazione, delle istituzioni e delle forme di diritto, escogitate e trovate per risolvere determinati attriti e contrasti, fa della storia romana una catena di accadimenti, che si seguono con singolare e cruda evidenza.

Perché il problema vero è questo: che, cioè, non si tratta già di sostituire la sociologia alla storia, come se questa fosse stata una apparenza, che celi dietro di sé una realtà riposta; ma anzi si tratta di intendere integralmente la storia, in tutte le sue intuitive manifestazioni, e d'intenderla per mezzo della sociologia economica. Non si tratta già di separare l'accidente dalla sostanza, la parvenza dalla realtà, il fenomeno dal nocciolo intrinseco, o come altro si direbbe dai seguaci di qualunque altro scolasticismo; ma, anzi, di spiegare l'intreccio ed il complesso, per l'appunto in quanto è intreccio e complesso. Non si tratta di scovrire e di determinare il terreno sociale solamente, per poi farvi apparir su gli uomini, come tante marionette, i cui fili siano tenuti e mossi, dalla provvidenza non più, ma anzi dalle categorie economiche. Queste categorie sono esse stesse divenute e divengono, come tutto il resto; - perché gli uomini mutano quanto alla capacità e all'arte di vincere, aggiogare, trasformare ed usare le condizioni naturali; - perché gli uomini cambiano animo ed attitudini per la reazione degli istrumenti loro sopra di loro stessi; - perché gli uomini mutano nei loro rispettivi rapporti di conviventi, e perciò di dipendenti in vario modo gli uni dagli altri. Si tratta, insomma, della storia, e non dello scheletro suo. Si tratta del racconto e non dell'astrazione; si tratta di esporre e di tratteggiare l'insieme, e non già di risolverlo e di analizzarlo soltanto; si tratta, a dirla in una parola, ora come prima e come sempre, di un'arte.

Può darsi il caso, che il sociologo, il quale segua i principii del materialismo economico, si proponga di circoscriversi alla sola analisi, poniamo ad esempio, di quello che eran le classi al momento che la Rivoluzione Francese scoppiò, per giungere poi alle classi, che dalla Rivoluzione resultano e ad essa sopravvivono. In questo caso i titoli, e le indicazioni e le classificazioni della materia da analizzare sono precisi, p. e. la città e la campagna, l'artigiano e l'operaio, i nobili e i servi, la terra che si libera dagli oneri feudali e i piccoli proprietarii che si formano, il commercio clic si emancipa da tante restrizioni, il danaro che si accumula, l'industria che prospera, e così via. Né c'è nulla da obiettare su la scelta di un tale metodo; il quale, come quello che segue la traccia embriogenetica, è indispensabile alla preparazione della ricerca storica secondo l'indirizzo della nuova dottrina .

Ma noi sappiamo che la embriogenia non basta a darci notizia della vita animale, la quale non è di schemi, ma è di esseri vivi e viventi, che lottano, e per lottare esercitano forze, istinti e passioni. E così, è, mutatis mutandis, anche degli uomini, in quanto vivono storicamente.

Quei determinati uomini, mossi da certi interessi, spinti da certe passioni, premuti da certe circostanze, con tali disegni, con tali propositi, che operano con tale aspettazione, per tale illusione propria o per tale inganno altrui, che martiri di sé o degli altri vengono in aspra collisione, e si elidono a vicenda: - ecco la storia effettuale della Rivoluzione Francese. Perché, se è vero che ogni storia non è se non l'esplicazione di determinate condizioni economiche, gli è altrettanto vero, che essa non si svolge se non in determinate forme di attività umana; - che questa sia passionata o riflessa, fortunata o senza successo, ciecamente istintiva o deliberatamente eroica.

Comprendere l'intreccio ed il complesso nella sua intima connessione e nelle sue manifestazioni esteriori; discendere dalla superficie al fondo, e poi rifare la superficie dal fondo; risolvere le passioni e i disegni nei moventi loro, dai più prossimi ai più remoti, e poi ricondurre i dati delle passioni, dei disegni e dei moventi loro ai più remoti elementi di una determinata situazione economica: ecco l'arte difficile, che deve esemplificare la concezione materialistica.

E perché non giova di imitare lo scolastico, che in riva al mare insegnava a nuotare con la definizione del nuoto, prego il lettore di aspettare, che io esemplifichi in altri saggi il mio pensiero, col recare una qualche effettiva narrazione storica; rifacendo, cioè, per iscritto una parte di ciò che già da un pezzo vo facendo, a voce, insegnando.

Per cotal via rimangono chiarite alcune questioni secondarie e derivate.

Qual è p. e. il significato della biografia dei così detti uomini grandi?

Si è visto a dare negli ultimi tempi a tale proposito delle risposte, che, in un senso o nell'altro, son di carattere estremo. Da una parte sono i sociologi ad oltranza, dall'altra gl'individualisti, che, alla maniera di Carlyle, mettono a capo della storia gli eroi. Secondo gli uni basta provare quali fossero le ragioni p. e. del Cesarismo, e di Cesare non importa punto. Secondo gli altri non c'è ragioni obiettive di classi e di interessi sociali che bastino a spiegar nulla: sono i grandi spiriti che dànno impulso a tutto il moto storico; e la storia ha, per così dire, i suoi signori e monarchi. Gli empiristi del racconto si cavano d'impaccio in modo semplice, col mettere, cioè, assieme come vien viene, uomini e cose, le necessità di fatto e gl'influssi subiettivi.

Il materialismo storico supera le vedute antitetiche dei sociologisti e degli individualisti, e al tempo stesso elimina l'ecletticismo dei narratori empirici.

Innanzi tutto il factum.

Che quel determinato Cesare, che fu Napoleone, nascesse l'anno tale, facesse la tal carriera, e si trovasse fortunatamente in buon punto il 18 Brumaio; - tutto ciò è affatto accidentale rispetto al corso generale delle cose, che spingeva la nuova classe, padrona del campo, a salvare dalla rivoluzione ciò che a lei pareva necessario di salvare, al qual bisogno occorreva la creazione di un governo burocratico-militare. L'uomo, o gli uomini adatti bisognava pur trovarli. Ma, che quello che avvenne effettivamente avvenisse nei modi che sappiamo, ciò dipese dal fatto che fu Napoleone appunto a dar opera all'impresa, e non un povero Monk, o un ridicolo Boulanger. E da questo punto in poi l'accidente cessa di essere accidente; appunto perché è quella determinata persona che dà l'impronta e la fisionomia agli avvenimenti, nel modo, e per il modo come si svolsero.

Ora il fatto stesso che la storia tutta poggia su le antitesi, su i contrasti, su le lotte, su le guerre, spiega l'influenza decisiva di determinati uomini in determinate occasioni. Cotesti uomini non sono, né un accidente trascurabile del meccanismo sociale, né dei miracolosi creatori di ciò che la società, senza di loro, non avrebbe fatto in nessun modo. Gli è l'intreccio stesso delle condizioni antitetiche, il quale fa che determinati individui, o geniali, o eroici, o fortunati, o malvagi, sian chiamati in momenti critici a dire la parola decisiva. Mentre gl'interessi particolari dei singoli gruppi sociali sono in uno stato tale di tensione, che tutte le parti contendenti a vicenda si paralizzano, a muovere l'ingranaggio politico occorre l'individuale coscienza dì una determinata persona.

Le antitesi sociali, le quali fanno di ogni convivenza umana un organamento instabile, dànno alla storia, specie quando sia vista ed esaminata rapidamente e a grandi tratti, il carattere del dramma.

Questo dramma si ripete nei rapporti da comunità a comunità, da nazione a nazione, da stato a stato, perché le interne disuguaglianze, concorrendo con le differenziazioni esterne, han prodotto e producono tutto il moto delle guerre, delle conquiste, dei trattati, delle colonizzazioni e così via. In questo dramma apparvero sempre come condottieri della società gli uomini che si chiamano eminenti, o grandi, e dalla presenza loro l'empirismo ha argomentato, che essi fossero i principali autori della storia stessa. Ricondurre la spiegazione del loro apparire alle cause generali e alle condizioni comuni della struttura sociale, è cosa che perfettamente armonizza coi dati della nostra dottrina; ma provarsi ad eliminarli, come volentieri farebbero certi affettati oggettivisti del sociologismo, gli è una vera fatuità.

E in conclusione, il seguace del materialismo storico, che si metta ad esporre e a raccontare, non deve far ciò schematizzando.

La storia è sempre determinata, configurata, infitamente accidentata e variopinta. Essa ha combinatoria e prospettiva.

Non basta di avere eliminato preventivamcnte il presupposto dei fattori; perché chi narra si trova di continuo a fronte di cose, che paiono disparate, indipendenti, e per sé stanti. Cogliere l'insieme come insieme, e scorgervi i rapporti continuativi di serrati accadimenti, ecco la difficoltà.

La somma degli accadimenti strettamente consecutivi e serrati, è tutta la storia; il che è quanto dire tutto quello che noi sappiamo dell'esser nostro in quanto siamo esseri sociali, e non più semplicemente animali.

XII.

Nel successivo insieme, e nella continuativa necessità di tutti gli accadimenti storici, non è, dunque, domandano alcuni, nessun senso, né alcuna significazione? Cotesta interrogazione, o che parta essa dal campo degli idealisti, o ci arrivi dalle bocche dei più cauti critici, certamente, e in tutti i casi, come s'impone all'attenzione nostra, così esige una adeguata risposta.

In fatti, se si pon mente alle premesse, o intuitive, o intellettuali, dalle quali deriva la concezione del progresso, come di quella idea che contenga ed abbracci la totalità del processo umano, si vede che cotali presupposti poggian tutti sul bisogno mentale, che è in noi, di attribuire alla serie, o alle serie degli accadimenti, un certo senso ed una certa significazione. Il concetto di progresso, per chi lo esamini bene addentro nella sua natura specifica, implica sempre dei giudizi di valutazione; e, per ciò, non è chi possa confonderlo con la nozione nuda e cruda del semplice sviluppo, il quale non include punto quell'incremento di pregio, per cui noi di una cosa diciamo che essa progredisca.

Dissi già qui innanzi, e, mi pare, con sufficiente estensione, come il progresso non istia a guisa di imperativo o di comando sul succedersi naturale ed immediato delle umane generazioni. Ciò è tanto intuitivo, per quanto è intuitiva la coesistenza attuale di popoli, nazioni e stati, che trovansi, in uno e medesimo tempo, in diverso stadio di sviluppo; per quanto è innegabile la presente condizione di relativa e di rispettiva superiorità ed inferiorità di popolo a popolo; e per quanto è, da ultimo, accertato il regresso parziale e relativo avveratosi più volte nella storia, come ne stette per secoli a documento l'Italia. Anzi, se c'è mai prova stringente, del come il progresso non sia da intendere nel senso di una legge immediata, e, dirò così per rincalzare, di una legge fisica o fatale, gli è appunto questa, che lo sviluppo sociale, per le stesse ragioni di processo che gli sono immanenti, mise spesso capo nel regresso. Gli è d'altra parte chiaro ed accertato, che così la facoltà del progredire, come la possibilità di far regresso, non costituiscono, alla prima, né immediato privilegio, né ingenito difetto di razza; né sono dirette emanazioni delle condizioni geografiche. Perché non solo i primitivi centri di civiltà furon molteplici, e non solo cotali centri si spostarono nel corso dei secoli, ma sta anche il fatto, che i mezzi, i trovati, i resultati e gl'impulsi di una determinata civiltà, che siasi già svolta, sono, entro certi limiti, comunicabili a tutti gli uomini in indefinito. Ossia, a farla breve, progresso e regresso sono inerenti alle condizioni ed al ritmo dello sviluppo sociale in genere.

Ora, dunque, la fede nella universalità del   progresso, che apparve con tanto impeto nel secolo decimottavo, ha in questo primo addentellato positivo; che, cioè, gli uomini, quando non trovino impedimenti nelle condizioni esterne, e non ne trovino in quelle che derivano dalla loro propria opera nell'ambito sociale, sono tutti capaci di progredire.

E poi in fondo alla supposta, o immaginata, o creduta unità della storia, per la quale il processo delle varie società formerebbe come una sola serie di progresso, sta un altro fatto, che ha offerto motivo ed occasione a tante fantasticherie ideologiche. Se non tutti i popoli son progrediti egualmente, e anzi alcuni, o si arrestarono, o corsero la via del regresso, se il processo di sviluppo sociale non ebbe sempre, in ogni luogo ed in ogni tempo, il medesimo ritmo e la medesima intensità, gli è pur nondimeno sicuro il fatto, che, nel passaggio dell'azione decisiva da popolo a popolo nel corso della storia, i prodotti utili, già acquisiti da quelli che decadevano, passarono a quelli che divenivano e salivano. La qual cosa non vale tanto dei prodotti, dirò così, del sentimento e della fantasia, che pur si serbano e perpetuano nella tradizione letteraria, quanto vale dei resultati del pensiero, e soprattutto della scoverta e della produzione dei mezzi tecnici, che, ove siano acquisiti, per diretto si comunicano e trasmettono.

Occorre forse di rammentare, che la scrittura non fu mai più perduta, per quanto i popoli che ne furono i rinvenitori sparissero dalla storica continuità? Occorre forse di ricordare, che noi rechiamo tuttodì nelle nostre tasche, su i nostri orologi, il quadrante babilonese, e che noi usiamo l'algebra, che fu introdotta da quegli arabi, la cui attività storica si è poi dispersa come la sabbia del deserto? Non vale di molteplicare incidentalmente e indefinitamente gli esempii, perché basta di aver sott'occhi la tecnologia, e la storia delle scoverte nel lato senso della parola, nella quale è evidente la trasmissione quasi continuativa dei mezzi istrumentali del lavoro e della produzione.

E, al postutto, le smossi provvisorie che diconsi storie universali, per quanto rivelino sempre, così nell'intento come nella esecuzione, qualcosa di forzato e di artificiale, non sarebbero state mai nemmen tentate, se le vicende umane non offrissero all'empirismo dei narratori un qualche filo, sia pur sottile, di continuità.

Ecco lì l'Italia del secolo decimosesto, che evidentemente decade; ma, mentre decade, trasmette alla rimanente Europa le sue armi intellettuali. Né esse sole rimangono in retaggio alla civiltà che continua; ma anche il mercato mondiale si stabilisce su i fondamenti di quelle scoverte geografiche, e di quei trovati nautici, che furono opera dei mercanti, e dei viaggiatori e marinari d'Italia. Né solo i modi del far la guerra, e i raffinamenti dell'astuzia politica passaron fuori dell'Italia (della qual cosa soltanto si occupano di solito i letterati); ma anche l'arte del far danaro in tutta la evidenza di una elaborata disciplina commerciale; e, via via, i rudimenti della scienza, su i quali è fondata la tecnica moderna, e innanzi tutto la metodica irrigazione dei campi, e le leggi generali dell'idraulica. Tutto ciò è tanto precisamente vero, che ad un amatore di tesi congetturali potrebbe saltar in capo di proporsi questo quesito: cosa sarebbe stato dell'Italia, in questa moderna epoca borghese, se, avverandosi il progetto del Senato veneto (1504) di far qualcosa che avrebbe rassomigliato negli effetti al taglio dell'istmo di Suez, la marina italiana si fosse trovata a contendere direttamente coi portoghesi nell'Oceano Indiano, in quel momento appunto, in cui il trasferimento dell'azione storica dal Mediterraneo all'Oceano preparava la decadenza nostra? Ma basta di tale fantasia!

Una certa continuità storica, nel senso empirico e circostanziato della trasmissione e del successivo incremento dei mezzi della civiltà, è un fatto, dunque, incontrastabile. E sebbene questo fatto escluda ogni idea di preconcetto disegno, di finalità intenzionale o latente, di prestabilita armonia, e tutte quelle altre fantasticherie su le quali si è tanto speculato, non per ciò solo esclude l'idea del progresso, che noi possiamo usare come di valutazione del corso del divenire umano. Gli è indubbio sì, che il progresso non abbraccia materialmente il succedersi delle generazioni, e che la sua nozione non implica nulla di categorico, tanto che le società han fatto anche regresso, ma ciò non toglie che cotesta idea possa servirci come di filo conduttore e di stregua, per dare significazione al processo storico. Di tali cautele critiche, così nell'uso dei concetti specifici, come nei modo di loro applicazione, non intendono nulla quei poveri evoluzionisti ad oltranza, che sono scienziati senza la grammatica e senza il galateo della scienza, ossia senza la logica.

Come ho detto più volte, le idee non cascano dal cielo, e anche quelle che in dati momenti vengon fuori da determinate situazioni, con impeto di fede e con veste metafisica, recano sempre in sé l'indizio di corrispondere a un ordine di fatti, di cui si tenti o si cerchi la spiegazione. L'idea del progresso, come di unificatore della storia, apparve con violenza e si fece gigante nel secolo decimottavo, ossia nel periodo eroico della vita politica ed intellettuale della borghesia rivoluzionaria. Come questa ha generato, nell'ordine delle opere, il periodo più intensivo di storia che mai si conosca, così ha prodotto in pari tempo la sua propria ideologia, nella nozione del progresso. Questa ideologia nella sua sostanza, e per il momento, vuol dire, che il capitalismo è la sola forma di produzione che sia capace di estendersi a tutta la terra, e di ridurre tutto il genere umano in condizioni che da per tutto si rassomiglino. Se la tecnica moderna può portarsi da per ogni dove, se tutto l'uman genere apparisce come un solo campo di concorrenza, e tutta la terra come un solo mercato, che maraviglia c'è se la ideologia, che coteste condizioni di fatto intellettualmente riflette, è venuta nell'affermazione, che la presente unità storica, sia stata preparata da tutto ciò che la precede? Traducete questo concetto di pretesa preparazione in quello affatto naturale di verificabili successive condizioni ed eccovi aperta la via per la quale si giunge dalla ideologia del progresso al materialismo storico: e si giunge anche all'affermazione di Marx, che questa forma della produzione borghese è l'ultima forma antagonistica del processo della società.

I miracoli dell'epoca borghese, nella unificazione del processo sociale, non hanno riscontro nel passato. Ecco lì tutto il Nuovo Mondo, e poi l'Australia, e l'Africa meridionale e la Nuova Zelanda! E son tutti come noi! E poi il contraccolpo nell'Estremo Oriente per la imitazione, e nell'Africa per la conquista! Innanzi a tale universalità e a tale cosmopolitismo, l'acquisizione dei celti e degl'iberi alla civiltà romana, e quella dei germani e degli slavi al ciclo della civiltà romano-bizantino-cristiana, rimpiccioliscono. Cotesta unificazione sempre crescente si riflette ogni giorno più nel meccanismo politico dell'Europa; il quale meccanismo, perché fondato su la conquista economica delle altre parti del mondo, oscilla oramai per gl'influssi e riflussi, che vengono dalle più remote regioni. In questo complicatissimo intreccio di azioni e di reazioni, la guerra fra Giappone e Cina, che fu guerreggiata coi mezzi, o imitati, o a dirittura presi in prestito dalla tecnica europea, lascia le sue tracce, né leggiere né di breve durata, nei rapporti diplomatici dell'Europa, e ne lascia dei più vivi nella borsa, che è la fedele interprete della coscienza dei nostri tempi. Questa Europa, maestra a tutto il resto del mondo, ha visto di recente oscillare i rapporti della politica degli stati di cui consta, per una rivolta nel Transvaal, e per un insuccesso delle armi italiane in Abissinia, proprio di questi ultimi giorni .

I secoli che han preparato e portato alla forma sua attuale il dominio economico della produzione borghese, hanno anche sviluppata la tendenza ad unificare la storia sotto una veduta generale; e per cotal modo rimane spiegata e giustificata la ideologia del progresso, che informa tanti libri di filosofia della storia e di Kulturgeschichte. La unità di forma sociale, ossia la unità di forma capitalistica nella produzione, cui la borghesia tende da secoli, s'è venuta a riflettere nel concetto della unità della storia, in forme tanto suggestive quante non ne potea mai dare al pensiero l'angusto cosmopolitismo dell'impero romano, né quello unilaterale della chiesa cattolica.

Ma cotesta unificazione della vita sociale, per opera della forma capitalistica borghese, si sviluppò la prima volta, e continua ora a svolgersi, non secondo regole, e piani, e preconcetti disegni; ma, anzi, per via di attriti e di lotte, che nell'insieme formano un colossale intrigo di antitesi. Guerra al di fuori, e guerra al di dentro. Lotta incessante fra le nazioni, e lotta incessante fra i componenti le singole nazioni. Ed è tanto complicato l'intreccio delle opere e delle azioni di tanti emuli, concorrenti e contendenti, che la coordinazione degli eventi sfugge assai spesso all'attenzione, per esser cosa poco facile il coglierne l'intimo nesso. La gara che ora è tra gli uomini, le lotte che ora, con varii metodi, si svolgono tra le nazioni e nelle nazioni, son valse a farci intendere meglio, per entro a quali difficoltà si è mossa la storia del passato. E se l'ideologia borghese, riflettendo la tendenza all'unificazione capitalistica, ha proclamato il progresso dell'uman genere, il materialismo storico, invertendo, e senza proclamazioni, ha scoverto, che nelle antitesi fu fino ad ora la causa e il movente d'ogni accadimento storico.

E perciò il moto della storia, preso in generale, ci si rivela come oscillante; - o meglio, per usare una immagine più propria, ci pare si svolga sopra di una linea spezzata, che cambia spesso di direzione, e di nuovo si spezza, e in alcuni momenti gli è come rientrante, e alcune volte si distende, dilungandosi di molto dal punto iniziale: - un vero zig-zag.

Data la complicazione interna di ciascuna società, e dato l'incontro di più società sul campo della concorrenza (dalle ingenue forme della razzia, della rapina e della pirateria, fino ai raffinati metodi dell'elegante giuoco di borsa!), gli è naturale, che ogni resultato storico, quando sia misurato alla sola stregua dell'aspettazione individuale, apparisca assai spesso come un caso, e considerato poi teoricamente torni alla mente più inestricabile delle contingenze meteoriche.

Per ciò non è una semplice frase il detto della ironia che siede sovrana su la storia; perché, difatti, se nessun Dio di Epicuro ride di lassù sopra le cose umane, quaggiù le cose umane intessono da se stesse una divina commedia.

Cesserà mai cotesta ironia delle umane sorti? Sarà, ossia, mai possibile una tal forma di convivenza, che dia luogo allo sviluppo cooperativo ed integrale di tutte le attitudini, in guisa che il processo ulteriore della storia divenga vera ed effettiva evoluzione? Sarà possibile, se così piace agli amatori delle arrotondate frasi, la umanizzazione di tutti gli uomini? Eliminate, nel comunismo della produzione, le antitesi, che sono ora causa ed effetto delle differenziazioni economiche, tutte le energie umane non acquisterebbero un grado altissimo di efficacia e di intensità negli effetti cooperativi, e al tempo stesso non si svolgerebbero esse con la massima libertà d'individuazione, in ogni singola persona?

Nelle risposte affermative a tali domande è la somma di ciò, che il comunismo critico dice, ossia, predice dell'avvenire. E non dice e predice, come per discutere di una astratta possibilità, o come chi di capo suo voglia mettere in essere uno stato di cose, che speri o vagheggi. Ma dice e predice come chi enuncia ciò che è inevitabile accada, per la immanente necessità della storia, vista e studiata oramai nel fondo della sua sostruzione economica.

Ce n'est que dans un ordre de choses, où il n'y aura plus de classes et d'antagonisme de classes, que les évolutions sociales cesseront d'être des révolutions politiques .

Alla vecchia società borghese, con le sue classi e coi suoi antagonismi di classe, subentra una associazione, nella quale il libero sviluppo di ciascuno è la condizione del libero sviluppo di tutti .

I rapporti borghesi della produzione sono l'ultima forma antagonistica del processo sociale della produzione - antagonistica non nel senso dell'antagonismo individuale, anzi di un antagonismo che sorge dalle condizioni sociali della vita degl'individui; - ma le forze produttive, che si sviluppano nel seno della società borghese, mettono già in essere le condizioni materiali per la risoluzione di tale antagonismo. Con tale formazione di società cessa, per ciò, la preistoria del genere umano .

Con la presa di possesso dei mezzi di produzione da parte della società, rimane esclusa la produzione delle merci, e con essa rimane esclusa la signoria del prodotto sul produttore. All'anarchia dominante nella produzione sociale subentrerà la cosciente organizzazione a disegno. La lotta per l'esistenza individuale cesserà. Solo per cotal modo l'uomo si distaccherà, in un certo senso, dal mondo animale, in modo definitivo, e passerà dalle condizioni di esistenza animale in quelle di esistenza umana. Tutto l'ambito delle condizioni della vita, che fino ad ora ha dominato gli uomini, passerà sotto il comando e sotto la revisione degli uomini stessi; che diverranno, così, per la prima volta effettivi signori della natura, perché saranno signori della propria consociazione. Le leggi della loro propria attività sociale, che stavano loro di contro come leggi estranee che li dominassero, saranno applicate e padroneggiate dagli uomini stessi, con piena cognizione di causa. La stessa consociazione, che stava di fronte agli uomini, come imposta dalla natura e dalla storia, diverrà la libera e propria opera loro. Le forze estranee ed obiettive, che finora dominavano la storia, passano sotto la vigilanza degli uomini. Solo da tal punto in poi gli uomini faranno con piena coscienza la loro propria storia; solo da tal punto in poi le cause sociali, che essi metteranno in moto, potranno raggiungere, in gran parte, e in ragione sempre crescente, i voluti effetti. Questo è il salto del genere umano dal regno della necessità in quello della libertà. Compiere cotesta azione liberatrice del mondo, ecco la missione storica del proletariato moderno .

Se Marx ed Engels fossero stati mai facitori di frasi, se la mente loro non fosse stata resa cauta, fino allo scrupolo, dall'uso e dall'applicazione cotidiana e minuta dei mezzi scientifici, se il contatto assiduo con tanti cospiratori e visionarii non li avesse resi aborrenti da ogni utopia, fino alla pedanteria dell'opposto, tali enunciati potrebbero esser tenuti in conto di geniali paradossi, che sfuggano all'esame della critica. Ma quegli enunciati sono come la chiusa, anzi sono l'effettiva conclusione, della dottrina del materialismo storico. Resultano a filo diritto dalla critica dell'economia e dalla dialettica storica.

In tali enunciati, del resto sviluppabili, come avrò occasione di mostrare in altro luogo, si riassume tutta la previsione dell'avvenire, che non sia, né voglia essere, romanzo, o utopia. E in questi enunciati stessi è una adeguata e conclusiva risposta alla domanda con la quale comincia questo capitolo: se, cioè, nelle serie degli accadimenti storici ci sia da ultimo ed effettivamente senso e significazione.

E qui faccio punto; parendomi, che, per una dilucidazione preliminare, ce ne sia oramai abbastanza.

Roma, 10 marzo 1896

Appendice

A proposito della crisi del marxismo.

Mi riferisco qui ad un libro, nè breve, nè di comoda lettura, di Th. G. Masaryk, professore della Università czeca di Praga, venuto in luce proprio di questi ultimi giorni. Quanto sia voluminoso può vedersi a piè di pagina , dove n'è dato per esteso il titolo. Non mi propongo però di scriverne la recensione pura e semplice. E se mai paresse, che l'esprimere la propria opinione a proposito d'un libro importi che di quello si faccia la recensione, dirò che questa qui assumerà necessariamente le proporzioni e l'andatura di un quasi-articolo.

Il nome mio e il titolo a capo della pagina potrebbero indurre nel sospetto, che io intenda di mettermi come in una polemica di partito. Il lettore stia d'animo tranquillo. Non confonderò le pagine della "Rivista italiana di sociologia" con le colonne del giornale politico cotidiano .

Dirò solo, en passant, come il caso assai curioso del grande affanno, che la stampa politica italiana, sia essa giornaliera o altrimenti periodica, s'è dato per mesi e mesi nel proclamare la morte del socialismo, usando la etichetta della crisi del marxismo, è parso a me un nuovo documento di quel vizio organicamente nazionale, che può oramai definirsi qual diritto all'ignoranza. A nessuno di cotesti egregi becchini del socialismo, che, tanto per far folla intorno alla crisi, andavano mettendo assieme a casaccio i nomi incompatibili fra loro di così varii scrittori, è venuto in mente di proporsi queste semplici e oneste domande: - la critica sorta in altri paesi intorno al marxismo può essa mai riguardare direttamente l'Italia? - ebbe mai, o ha, cotesta dottrina alcuna solida base e sicura diffusione nel nostro paese? - e, al postutto, il partito socialistico italiano ha tanta forza già, e tale estensione su le masse e tra le masse, ed ha in se stesso tale sviluppo e tale complessità di condizioni e di attinenze politiche, da rivelare quei caratteri precisi e spiccati di stabile e duratura organizzazione proletaria, data la quale il discutere a fondo della dottrina gli è discuter di cose e non di parole? - e, per andare più al fondo, c'è chi possa dire, che in questo paese nostro sia stata già percorsa tutta la via crucis delle trasformazioni economiche, a capo delle quali s'è avverato altrove ciò che dicesi sistema capitalistico, del quale il marxismo, alla sua volta, è poi il contraccolpo critico?

Chi si fosse proposte coteste domande, e altre simili, sarebbe venuto nella onesta conclusione, che non ci può essere la crisi di ciò...che non esiste ancora.

Può darsi, anzi si dà di certo, che tutti cotesti necrologisti del socialismo ignorassero come la frase di crisi del marxismo fosse stata coniata e messa in circolazione per l'appunto dal professore Masaryk, al quale (lui ignaro tuttora, come accade spesso agli stranieri, delle cose d'Italia) è capitata l'insigne sorte di portare nel nostro paese un nuovo ed inatteso contributo alla fortuna delle parole. Ma gli è proprio così. La espressione di crisi del marxismo fu inventata da Masaryk nei numeri 177-79 della "Zeit" di Vienna, del febbraio del 1898, e quegli articoli suoi furon poi raccolti in opuscolo , con la data del 10 marzo: - e, si badi bene, non perché l'autore di tale scoperta letteraria avesse in animo di dichiarare la morte del socialismo, ma solo perché gli parve di constatare (mi si passi la parola di gergo giornalistico) la crisi per entro al marxismo; - ed egli difatti conchiudeva così: "Io vorrei ammonire i nemici del socialismo, di non farsi delle vane speranze in pro dei loro partiti per questa crisi del marxismo, la quale potrà dare anzi gran forza al socialismo, quando i suoi capi vorranno criticarne liberamente i fondamenti e superarne i difetti. Come tutti gli altri partiti di riforma sociale, il socialismo ha la sua fonte viva nelle manifeste imperfezioni del presente ordinamento sociale, e nella sua ingiustizia ed immoralità, e soprattutto nella miseria materiale, morale ed intellettuale della gran massa presso tutti i popoli" . In quelle 24 pagine, che erano invero troppo poco per la gravità dell'assunto, i dati della crisi - per quanto s'attiene alla

Sozialdemokratie tedesca e con qualche piccolo riferimento alla letteratura francese ed inglese - venian riassunti, enumerati, caratterizzati, così un po' in furia e fretta, nei seguenti capi... Ma che giova di tenersi più all'opuscolo del 10 marzo 1898, se nel libro alla data del 27 marzo 1899 le 24 pagine d'allora son diventate 600, dico 600, il che è viceversa troppo assai - direbbe un napoletano - e per la entità di ciò che vi si va esponendo, e per la pazienza media dei lettori?

Il prof. Masaryk è un positivista: parola qui in Italia d'uso soverchiamente estensivo ed elastico, ma che per lui professante filosofia vuol dire, e sia pure con parecchie modificazioni, trovarsi su la linea che va da Comte a Spencer... o a Masaryk stesso. Non sarei in grado di tributargli tutta l'ammirazione della quale sarà, forse, degno; perché lui ha l'abitudine per me incomoda di scrivere in lingua czeca. Non ne conoscevo fino ad ora se non la Logica concreta nella traduzione tedesca. Né vorrei soverchiamente sottilizzare sul tenore tassativo delle sue espressioni, perché questo libro è stato tradotto dal signor Kalandra in un tedesco alquanto cancelleresco. L'opera nel tutt'insieme, come dice l'autore stesso nella prefazione, non è da considerare sotto l'aspetto della composizione e dello stile. E' un parto onninamente ultraccademico, con la ovvia partitura in introduzione e sezioni, e queste, che son cinque e son seguite dal riassunto, recano la suddivisione in capitoli, con la sottofigura dell'A, B, C e così via, fin giù giù alla risuddivisione del tutto in 162 paragrafi, con varia bibliografia in ordine sparso e in ordine concentrato, con un indice-sommario veramente mirabile, che fa pensare a tante cose cui il libro poi non risponde, e con l'inevitabile registro. Sono, insomma, appunti di lezioni illustrative e dichiarative, di tono posato e anzi tenue, redatte a schema da enciclopedia, e non tutte identificabili alla stessa data. Infatti, mentre il libro, composto originariamente in lingua czeca, e preannunziato nell'opuscoletto dell'altro anno, che può tenerne le veci per chi non voglia leggere le 600 pagine, s'andava stampando nella traduzione tedesca, nel frattempo è apparso l'oramai famoso libro del Bernstein (cfr. nota I a p. 590), e con questo l'autore ha sentito il bisogno di accomodare le sue partite in altro posto .

L'atteggiamento del Masaryk è veramente sui generis. Lui non è socialista, lui conosce estesamente la letteratura del socialismo, lui non è avversario professionale del socialismo, lui lo giudica dall'alto, in nome della scienza. Fu deputato al Reichsrath della Cisleitania, ma sebbene nazionalista e progressista, che io sappia, non si confuse mai coi giovani czechi. Ora mi pare si tenga in disparte dalla politica. Pubblica una rivista, che è un quissimile della nostra "Nuova Antologia", ed è dotto di mestiere, cioè gran leggitore e riferitore accurato di ciò che legge, fino al minimo della più minuta minutaglia. E questo è il primo e principale difetto del libro suo; nel quale si discorre di molte ed infinite cose, ma alla realtà, al fatto, al vivo non si arriva mai. L'autore ha come intercettata la vista dalla carta stampata, e dalle ombre degli scrittori tra i quali s'aggira con pari ossequio per tutti, come chi abbia l'occhio privo di virtù prospettica.

Non è forse il principale dovere di chi si metta per la via di discutere dei fondamenti del marxismo di essere in grado di rispondere, ma dal vivo, a questa domanda: credete voi o non credete alla possibilità di una trasformazione della società dei paesi più civili, per la quale cesserebbero le cause e gli effetti delle presenti lotte di classe? Di fronte a tale problema generale gli è davvero d'importanza secondaria il modo della transizione a quello stato futuro, desiderato o previsto; perché quel modo sfugge al nostro arbitrio, e certo non dipende dalle nostre definizioni. Per rispetto a cotesta tesi generale gli è cosa, non dirò indifferente, ma certo di valore assai subordinato, il sapere, qual parte del pensiero e delle opinioni, (molti confondono maledettamente quello e queste!) di Marx e dei suoi prossimi seguaci ed interpreti collimi o non collimi con le presenti e con le future condizioni del movimento proletario: perché non occorre di essere seguaci sfegatati del materialismo storico per intendere, come le dottrine valgono in quanto dottrine, cioè in quanto sono una luce intellettuale portata sopra un ordine di fatti, ma che in quanto sono dottrine non son causa di nulla. Ma il signor Masaryk è, invece, un dottrinario, cioè un credente nella virtù delle idee, cioè un accademico, per il quale tutto consiste nella lotta per la concezione generale del mondo (Weltanschauung); e non c'è da maravigliarsi che egli respinga con sovrano disprezzo (passim) l'espressione istinto delle masse Questa critica, che poggia tutta su la presunzione di un giudizio sovranamente imparziale delle lotte pratiche della vita in nome della scienza, e che ignora la rassegnazione del pensiero al corso naturale della storia, è e rimane intrinsecamente caduca, perché s'aggira intorno al marxismo, senza afferrarne mai il nerbo, che è la concezione generale dello sviluppo storico sotto l'angolo visuale della rivoluzione proletaria.

Indugiandomi a definire l'atteggiamento in genere del Masaryk, mi pare di ripagarlo di cortesia italiana dell'ignoranza nella quale egli trovasi per rispetto ai miei scritti in argomento. Se mai li leggesse, s'avvedrebbe, forse, come, senza scendere alle minuzie della polemica a tu per tu con la stampa corrente del partito, senza proclamarsi scovritori od autori della crisi del marxismo, si possa esser seguaci anche all'ora presente del materialismo storico, dopo fatta la debita parte alla nuova esperienza storico-sociale, e con la conveniente revisione dei concetti, che abbiano subito o subiscano correzione dal corso naturale del pensiero. Le dottrine, che sono in atto di svolgersi e di progredire, non ammettono la trattazione erudita e filologica, come usa per le sorpassate forme del pensiero, e per ciò che ci fu trasmesso dalla tradizione, ed ha nome di antico. Ma i temperamenti intellettuali degli uomini sono assai difformi tra loro! Alcuni - e son pochi - presentano al pubblico il resultato del proprio lavoro, e non credono di dovervi aggiungere la storia intima delle loro letture, fino alla fotografia della penna della quale si servono. Sono altri - e questo è il maggior numero - i quali sentono vivo il bisogno di dare alle stampe tutto il frutto delle loro letture. Son meticolosi custodi dei loro quaderni, perché nessuna parte di loro fatiche vada perduta, né pei presenti, né pei futuri. Il professore Masaryk - che stempera in 600 pagine una tesi di occasione, ed è questa: che giudizio possa farsi ora del marxismo, atteso il fatto che se ne discute anche per entro al partito; - il professore Masaryk, che ha tanto letto, non può a meno di considerare il marxismo stesso secondo le sacramentali rubriche della filosofia, della religione, dell'etica, della politica, e così via all'infinito: e, caso curioso, proprio lui, che ha tanto ossequio per la burocrazia universitaria e per il casellario dei feticci della scienza, finisce poi da ultimo per dichiarare, essere il marxismo un sistema sincretico! (passim in tutto il libro, ed esplicitamente a p. 587). Era parso a me, che quella dottrina fosse proprio precisamente il contrario, e un che, anzi, di tanto intimamente unitario, da mirare, non solo a vincere la opposizione dottrinale tra scienza e filosofia, ma anche quella più ovvia tra pratica e teoria. Ma il signor Masaryk è fatto così com'è, e seguiamolo pure nelle sue rubriche.

Lascia ben volentieri ad altri di occuparsi del socialismo in quanto è tendenza (a uso A. Menger) alle riforme giuridiche; dichiara di non immischiarsi direttamente nelle questioni della Economia (nella qual disciplina invero pare a me che zoppichi da ambo le gambe), e ci tiene a mettere soprattutto in evidenza la filosofia di Marx, la quale esiste, tuttoché non sia espressa in opere di tassativa composizione ad hoc; e studia in tutte le 600 pagine la crisi in quanto essa è strettamente "scientifica e filosofica" (p. 5). Non chiedete, dunque, all'autore, né un esame concreto delle condizioni attuali del mondo economico fatto dal vivo, né un consiglio pratico e largo di politica sociale. Se il movimento della proletarizzazione continui o no, se la teoria del valore sia o no esatta, queste e le altre questioni affini, per quanto della massima importanza, non interessano lui filosofo (p. 4). Il resultato pratico è solo questo, di consigliare ai socialisti (p. 591) di tenersi al programma dell'Engels del 1895, cioè dire alla tattica parlamentare; il che veramente essi vanno facendo da per tutto nel mondo, e, secondo il debole avviso mio, per la semplice ragione, che non potrebbero fare altrimenti senza addimostrarsi, o pazzi, o stolidi. Se non che il Masaryk rincalza il consiglio con questo monito, che si debba anche abbandonare l'ideologia marxista! A buon conto, non è il corso naturale delle vicende politiche dell'Europa civile che abbia indotto i socialisti a cambiare di tattica (né l'autore saprebbe dirci quanto tempo questa nuova durerà, o potrà durare), ma son le idee che cambiano e devono cambiare. Tutto si compendia nella lotta per la Weltanschauung (cfr. segnatamente pp. 586-92), il che è naturale in uno scrittore, che ci tien tanto al sacramentale concetto della classificazione delle scienze (p. 4), e al posto sovraeminente della filosofia.

Il Philister, nella subspecie professorale, ci si rivela qui tutto intero nella sua propria natura. Conoscere estesamente la letteratura del socialismo, e di questo ignorare l'intimo, il senso, l'animo! Dato questo animo - s'intende da sé - l'orientazione scientifica cambia del tutto, anzi cambia il posto della scienza nella economia dei nostri interessi. Ma a ciò il Masaryk non giunge mai, perché dovrebbe, per arrivarci, valicare i confini delle definizioni. Il suo libro, perciò, per quanto ricco di coscienziose informazioni, ed alieno dal disprezzo professionale del socialismo si riduce, nell'intento e negli effetti, ad un enorme piato del positivismo contro il marxismo! Due osservazioni mi occorrono qui. La mia affermazione suonerà strana a molti in Italia, dove è in uso di significare con la parola positivismo tutto ed ogni cosa. Inoltre, come ho più volte scritto, che quella intuizione della vita e del mondo, la quale si compendia nel nome di materialismo storico, non è giunta a perfezione negli scritti di Marx e di Engels, e dei loro prossimi seguaci, così ora qui più recisamente affermo, che la continuazione di quella dottrina procede ancor lenta, e forse procederà allo stesso modo per un buon pezzo.

Ma i libri come questo del Masaryk non giovano a nulla. Ecco qua un coacervo di obiezioni in nome del positivismo sì, ma non in nome della revisione diretta ed autentica dei problemi della scienza storica, e non in nome delle questioni politiche attuali. La così detta crisi non diventa, né il subietto di un esame da pubblicista, né l'obietto di uno studio da sociologo, ma è come uno spazio vuoto o una pausa, in cui l'autore vada a deporre, o a recitare, le sue filosofiche proteste.

Uno studio, né vano né privo d'interesse, è dedicato alla formazione prima del pensiero di Marx (pp. 17-89). Ma il facit è da ultimo assai meschino. "Nella costante mutazione dell'ordinamento sociale venne Marx da ultimo a trovare la ragione storica del comunismo, come quello che s'imponga da sé. - Secondo Marx la filosofia è la copia naturalistica del processo del mondo. - Il comunismo è dato dalla storia stessa. - Il materialismo di Marx è un materialismo storico". - Proposizioni come queste, le quali riproducono a un di presso il pensiero fondamentale dello scrittore che si ha per mani, dovrebbero indurre, pare a me, il critico a rifarsi su i fondamenti di tali concezioni, per rovesciarli, se mai, con una critica ab imis. Ebbene, che fa il signor Masaryk? Pochi righi dopo scrive: "La sua filosofia e quella di Engels hanno il carattere dell'eccleticisino". - E poi ci regala, alla lettera D del capo II, una insalata russa delle opinioni in contraddittorio di Bax, K. Schmidt, Stern, Bernstein, Plekanoff, Mehring, in quanto han discusso se tale filosofia, diciamo così marxistica, sia conciliabile o no col ritorno a Kant, a Spinoza, o a che altro siasi; e non gli sovviene del poeta, che assistette alla fondazione della

Università di Praga, per esclamare con lui:

Povera e nuda vai filosofia!

Alquanto sconnessa è la trattazione che l'autore dedica al materialismo storico (pp 92-168), indugiandosi in prima sul divario delle definizioni, per venire infine ad una critica tutta fondata su la vecchia nenia della dottrina dei fattori, più o meno dissimulata in una fraseologia sociologica e psicologica alquanto dubbia ed incerta. In conclusione all'autore repugna il pensiero di una concezione obiettivamente unitaria della storia; e gli capita spesso di confondere la spiegazione del complesso storico mediante il variare innanzi tutto della struttura economica, con la spiegazione illico et immediate del fatto storico determinato per via delle rispettive ed individuate condizioni economiche. Non deve quindi recar meraviglia di vedere come Marx venga considerato quale una specie di Comte alterato in peggio, che diventa poi un inconsapevole seguace di Schopenhauer nell'accettare il primato della volontà, dottrina che contraddice però alla sacramentale tricotomia psicologica d'intelletto, sentimento e volere. Può darsi che quel povero Marx ignorasse, come l'uomo sia fornito, oltre che dell'intelletto, anche d'un fegato (sic!), il che è tanto più sorprendente, in quanto che lui era assai fegatoso (sic!) per le quali buone ragioni può essere accaduto non s'avvedesse, che il soppravvalore è un concetto principalmente etico (sic!). Al professore di Università, che tratta la sua materia come il suo mestiere, può venir facilmente la tentazione di far passate un determinato autore sotto lo scrutinio di tutte quelle altre dottrine che lui critico abbia l'abitudine di studiare e di maneggiare. E allora, per una strana illusione da erudito, accade che i termini di confronto, che sono nell'abito subiettivo del critico, divengano surrettiziamente come dei termini di effettiva derivazione. Così stava accadendo al Masaryk; quando ecco che lui, nel bel mezzo delle sue tentate comparazioni, si contraddice, e sentenzia (p. 166): "Nel fatto Marx viene a formulare ciò che, come suol dirsi, si trovava nell'aria, e perciò io non ho dato gran peso ai singoli influssi su la sua formazione intellettuale". Ergo - direi io - ricominciate da capo, e anzi invertite. Nell'autore, che trattate, s'è avverata appunto questa inversione, che dalla critica dell'economia e dal dato delle lotte di classe egli risalì ad una nuova concezione storica (e non per modificare, s'intenda bene, ciò che tecnicamente dicesi disciplina della ricerca storica), e per quella via poi ad una nuova orientazione su i problemi generali della conoscenza. Ma voi forzate le cose, ma voi le alterate del tutto, mettendovi per una via che non è quella percorsa dall'obietto del vostro esame. Ma si capisce, voi filosofo professionale scendete dall'alto delle definizioni al particolare del materialismo storico; e, con tutto il dovuto ossequio alla metodologia, giungete alla teoria delle lotte di classe (pp. 168-234) come si arriva a un corollario.

Anche qui la fedeltà della esposizione materiale rende più sensibile la incapacità alla comprensione intima e viva. Qua e là alcune utili osservazioni su la imprecisione dei termini borghesia, proletariato e simili, e poi delle altre di maggior valore su la irriducibilità di tutta la società presente alle due famose classi, data la sua più varia e complessa articolazione. A riscontro di tutto ciò, ecco una singolare inettitudine ad afferrare un concetto così semplice; che, cioè, dato l'intreccio della vita sociale, gl'intenti individuali possono esser tutti errati: la qual cosa induce l'A. a dire, che nel marxismo la coscienza individuale si risolve in puro illusionismo (!). Gli repugna di credere, che le leggi economiche seguano un processo naturale; - ebbene, si provi a cambiarne la successione storica per atti di arbitrio. Rivendicata la spontaneità (ma quale?) delle forze che danno impulso alla storia, e l'aristocrazia dello spirito filosofico, e detto come il determinismo marxistico sia una e sola cosa col fatalismo, l'A. si confessa così: "Io spiego il mondo e la storia teisticamente" (p. 234). Deo gratias!

Al pezzo forte ci siamo finalmente, cioè alla esposizione del mondo capitalistico (pp. 235-313), e alla critica del comunismo e del processo della civiltà (pp. 313-86). Questo è dei socialisti il punto essenziale, e su tale terreno soltanto è dato di combatterli. Ma l'A. era disceso dalle alture, e così sia. Non saprei negargli - tanto per cominciare dalle conclusioni - una discreta parte di ragione, là dove parla di soverchio primitivismo e semplicismo, specie per rispetto al tentativo dell'Engels nel rifare in breve i punti principali della storia della civiltà. Il divenire dello stato, ossia della società ordinata a classi, con le ragioni del dominio e dell'autorità, supposta la proprietà privata e supposta la famiglia monogamica, ebbe modi varii di sviluppo nella storia specializzata e concreta, e non c'è facilismo che tenga, nel provarsi a rendere plausibili gli schemi troppo semplici. Può darsi che dei socialisti correnti al comodo argomentare vedan troppo semplificato l'intreccio della storia, riducendo questa in breve volume; il che li induce a semplificar del pari con soverchio arbitrio l'intreccio della società presente. Né certo giova di richiamarsi di continuo alla negazione della negazione, che non è istrumento di ricerca, ma è solo formula riassuntiva, valida, se mai, post factum. Certo che il comunismo, ossia il più o meno lontano approdo della società presente verso una nuova forma della produzione, non sarà un parto mentale della dialettica subiettiva. E perciò credo - son cortese di armi agli avversarii - non esserci che un solo modo di combattere seriamente il socialismo, ed è quello di provarsi a dimostrare come il sistema capitalistico abbia in sé - per ora almeno - tale indefinita forza di adattabilità, che tutti i movimenti proletarii si riducano in fondo a meteoriche agitazioni, senza mai formare un processo ascensivo, che importi da ultimo, con la eliminazione del salariato, anche quella di ogni dominio di classe. In cotesto intento critico-dimostrativo si riassume, per es., la forza della scuola del Brentano e i suoi seguaci. Ma questo non pare sia pane pei denti del signor Masaryk, il quale rivela tutta la sua inettitudine ad afferrare il nesso economico della materia che ha per le mani, proprio nel capitolo che dedica alla critica del sopravvalore (pp. 250-313).

Attraverso ad una rassegna bibliografica intorno alla vexata quaestio del divario fondamentale che correrebbe tra il I e il III volume del Capitale, l'A. viene a rigettare come inesatta la dottrina del valore-lavoro, e poi giù giù ad affermare, come Marx non potesse partire dal concetto della utilità, perché il suo obiettivismo estremo lo rendeva alieno dalla considerazione psicologica (!). Dichiara poi la sua opinione sul posto che l'economia dovrebbe occupare nel sistema delle scienze, data la dipendenza sua dai presupposti di una sociologia generale. Rigettato il concetto della economia in quanto scienza storica, riaccampa la pretesa di una scienza della economia, che, senza confondersi con l'etica, abbracci tutto l'uomo, e non soltanto l'uomo lavorante. Sofistica su la impossibilità di trovare una misura del lavoro, in quanto questo, alla sua volta, debba misurare il valore; e considera il sopravvalore come una escogitazione tratta dalla ipotesi costruttiva delle due classi in lotta fra loro. Per via di molti ripieghi scrive l'apologia del capitalista, in quanto è intraprenditore, cioè lavoratore e direttore; e, mentre si scaglia contro la classe parassitaria e contro il commercio ingannatore, postula un'etica la quale insegni a ciascuno la parte del suo dovere. Si compiace, da ultimo, che Marx abbia scoverta l'importanza sociale dei lavoratori minuti; sebbene sia caduto in quel discreto numero di spropositi, che il nostro autore va notando; come a dire, per es., la riduzione del lavoro complicato al lavoro semplice, e soprattutto la strana opinione di credere alle lotte di classe, mentre non c'è che lotta tra gli individui.

Ma se è cosa così facile il ridurre in polvere il materialismo storico, ma se le lotte di classe in quanto principio di dinamica storica non sono che la erronea generalizzazione di fatti male intesi, ma se l'aspettazione del comunismo è affatto utopistica, ma se le dottrine del Capitale sono di cosi patente erroneità, ma se tutti i fondamenti sono oramai distrutti, perché l'A. s'affanna poi a scrivere altre duecento pagine sul diritto, su l'etica, su la religione e così via, ossia su quei sistemi che chiama ideologici? A me sarebbe bastato, p. e., ciò che è detto a pagine 509-19, in una specie di pausa interposta alla rete fitta dei paragrafi, come per venire ad una certa maniera di giudizio finale, al quale poi, per difetto di stile, manca pur troppo la concentrazione del pensiero nella concisione degli enunciati. In questo tentato riassunto è come raccolta la caratteristica del marxismo, la qual cosa dà maggior risalto alla tesi dell'autore. - Marx (questo è il succo della caratteristica), segna l'estremo limite della reazione contro il subiettivismo, in quanto che per lui la natura è il prius e la coscienza non è che resultato, dunque obiettivismo positivo assoluto; per lui la storia è l'antecedente e l'individuo è il conseguente, dunque negazione assoluta dell'individualismo. La questione della conoscenza è puramente pratica. Tra natura dell'uomo e storia umana c'è perfetta equazione. Non c'è altra fonte di conoscenza dell'uomo, da quella in fuori che ci offre la storia. L'uomo è tutto in ciò che l'uomo fa. Di qui il fondamento economico di tutto il resto. Di qui il lavoro come filo conduttore della storia. Di qui la persuasione, che le varie forme sociali non siano, se non le forme varie della organizzazione del lavoro. Di qui la veduta del socialismo non più come di semplice aspirazione o aspettazione. Di qui il concetto del comunismo, non come di semplice sistema di rapporti economici, ma come di una innovazione di tutta la coscienza, oltre i limiti di tutte le presenti illusioni, e nell'assetto dell'umanesimo positivo. - Ma cotesto estremo obiettivismo s'infrange ora nel ritorno a Kant, ossia nel criticismo. Marx fu incompleto. Non seppe superare Hegel, non trovò l'espressione adeguata delle sue tendenze, ricadde nella romantica di Rousseau, invano si provò a districarsi da Ricardo e da Smith, dei quali tentò la critica, e rimase autore di un sistema incompleto. C'è in lui come una tragica filosofica. Fece servire a nuovi ideali le idee già vecchie, non seppe trovare altre molle al rivoluzionarismo, se non negl'impulsi all'edonismo, e per ciò rimase aristocratico ed assolutista nella sua passione rivoluzionaria.

Cotesti tratti, che sarebbero pennellate per chi disponesse della facoltà dello stile, questi tratti i quali possono farci avvertiti del come corra attraverso tutta la storia una continua gran tragedia del lavoro , lasciano impassibile il nostro autore nella sua accademica pedanteria. Lui non contrappone concezione a concezione nel rapido sguardo di una nuova interpretazione dei destini umani, ma obietta solo in nome "della missione del nostro tempo a ritrovare una nuova sintesi delle scienze" (p. 513). - E qui di nuovo Hume e Kant, e la domanda: che è la verità? E poi si discorre della nuova neoetica, che deve discendere scientificamente alla critica della società. La nuova filosofia deve risolvere il problema della religione, che Marx credette d'aver superato, facendo di quella una forma illusionale. Il pessimismo è la nota dominante del nostro tempo.

Schopenhauer s'avvicinò in parte al vero, nel fare della volontà la radice del mondo. Gli fece da pendant Marx con la dottrina unilaterale del lavoro. Il marxismo ebbe il torto di rimanere negativo. "Il Capitale non è se non la trascrizione economica del Mefistofele del Faust" (sic! a p. 516 - e chi non mi crede vada a riscontrare!) Da ultimo sappiamo - se io ho ben capito - che nel ritorno a Kant, e nel declinare dello spirito rivoluzionario verso il parlamentarismo, consiste l'essenziale della crisi; ossia, l'inizio dell'epoca Masaryk nella storia del mondo.

Dunque Kant e il parlamento! Ma quale Kant? Quello della privatissima vita privata del signor Philister di Königsberg? - o quell'altro autore rivoluzionario di scritti sovversivi, che parve ad Heine un altro degli eroi della grande rivoluzione? E quale parlamento di ordinaria e

consuetudinaria fattura è chiamato a trasformare la storia? Diremo allora Kant e la Convenzione: - ma questa succedette alla rivoluzione, cioè allo sgretolamento di tutto un sistema sociale, alla rovina di tutto un ordinamento politico, allo scatenamento di tutte le passioni di classe... e basta. Il signor Masaryk, come professionista di sociologia accademica, ha il diritto di ignorare quella storia viva, agitata, impulsiva, passionata che piace a quegli altri mortali, i quali hanno il senso simpatetico della realtà umana; e può perciò comodamente adagiarsi nella persuasione che il periodo delle rivoluzioni è oramai sorpassato per sempre, e che siamo definitivamente entrati in quello delle lente evoluzioni, anzi nell'idillio della quieta e rassegnata ragione.

E torniamo pure al suo casellario.

La scorsa su la dottrina dello stato e del diritto (pp. 387-426) è rivolta principalmente a combattere la veduta secondo la quale quello e questo sono come delle formazioni secondarie e derivate per rispetto alla società in genere. Lo stato esiste dalle origini della evoluzione, ed esisterà sempre per ragioni che l'intelletto e la morale approvano (p. 405); e poi l'uomo "per naturale disposizione sua non solo comanda volentieri, ma si lascia anche comandare, e volentieri obbedisce". Le disuguaglianze naturali legittimano la gerarchia (p. 406). E sta bene! Ma dato ciò, perché affannarsi poi a dimostrare, che il diritto non è derivabile dalle condizioni economiche; a che pro spendere del tempo a combattere le dottrine egalitarie dell'Engels, e perché appellarsi alla solenne autorità del Bernstein (p. 409), che avrebbe rimesso in onore lo stato (figurarsi, proprio in un articolo della "Nene Zeit"!), come quella tal cosa che i socialisti non voglion più abolire, ma soltanto e semplicemente riformare? Ma gli è tanto facile di trovarsi d'accordo col volgare senso comune, il quale non si rifiuta di ammettere, precisamente come fa il nostro signor Masaryk, che vi sono disuguaglianze giuste e di quelle ingiuste (sic!). Magari ci desse lui la misura giusta!

Passo sopra al capitolo intitolato nazionalità ed internazionalità (pp. 426-65) - dove l'A., oltre a mostrarsi indignato per la slavofobia di Marx, fa delle utili osservazioni su quegl'impedimenti all'internazionalismo, i quali nascono spontanei dallo spirito nazionale - per fermarmi un poco su gl'insigni paradossi che pronuncia a proposito della religione (pp. 455-81). Qui ci si rivela qual vero decadente. Cattolicesimo e protestantesimo sono ancora fatti arcivivi, e decisivi inoltre sulle sorti del mondo! Anzi noi tutti siamo, o l'una cosa, o l'altra. Anzi tutta la filosofia moderna è protestante, e non c'è filosofia cattolica se non per nefas (e il vostro Comte?). In Marx c'è un elemento cattolico, non solo per aver egli adottato il socialismo francese, il quale è cattolico e repugna alla coscienza protestante, ma perché fu autoritario, nemico della individualità, internazionalista e seguace dell'obiettivismo assoluto (p. 476). Come la Rivoluzione Francese fu in gran parte un movimento religioso, così un che di religioso è implicito a tutto il socialismo contemporaneo. Qua e là s'accenna all'idea, che protestantesimo e cattolicesimo in un certo modo reciprocamente si completino; - e può darsi che l'A. pensi che si prepari ora nel socialismo la religione dell'avvenire, attesoché "la fede sia il più alto obiettivismo dell'uomo normale, e perciò ipso facto sociale; - ma l'obiettivismo di Marx è troppo bilioso" (p. 480).

Se la religione è perenne, se lo stato è immortale, se il diritto è naturale, figurarsi poi se l'etica (pp. 482-500) non debba essere supereterna. L'A. rivendica alla coscienza morale il carattere del dato indiscutibile ed immediato. Non mi soffermo a dichiarare come qualmente non occorra di essere né materialisti della storia, né materialisti semplici, per relegare tra le fiabe cotesta opinione infantile; e faccio perciò grazia all'A. delle citazioni degli articoli di riviste, nei quali i Bernstein, gli Schmidt e simili socialisti avrebbero rivendicate le ragioni dell'etica contro l'amoralismo di Marx (p 497). Taccio del socialismo per rispetto all'arte (pp. 500-8).

Per tutte coteste ragioni, leggendo ciò che l'A. scrive nella quinta sezione (pp. 520-85) intorno alla politica pratica del socialismo, trattandone in due capi, intitolati l'uno rivoluzione e riforma, e l'altro marxismo e parlamentarismo, ci si trova in presenza di un artefatto dottrinale della più bella specie verbalistica. Che il socialismo siasi venuto sviluppando, in questi ultimi cinquanta anni, dalla setta al partito, è cosa abbastanza nota. Che il comunismo imperativo e categorico di una volta, sia divenuto la democrazia sociale, gli è altrettanto risaputo. Che i partiti socialistici spieghino presentemente un'azione pratica varia e circostanziata, come gli è un fatto storico, gli è anche da parte loro come un fare la storia. Che in tutte coteste cose si commettano degli errori, e ci siano delle pratiche incertezze, gli è un fatto umanamente inevitabile: ma gli è anche vero, che, per intenderle coteste cose, bisogna pur viverci dentro, e con occhio e con senso da storico osservatore. E che fa il signor Masaryk? Ma lui non vede che categoremi; - ed ecco come il passaggio è tutto dal rivoluzionarismo sistematico alla negazione della possibilità di qualsiasi rivoluzione, dal romanticismo all'esperienza, dall'aristocrazia rivoluzionaria all'etica democratica, dall'imperativo categorico all'empirismo, dall'obiettivismo puro all'autocriticità, dal Titanismo al non so che cosa, ma si sa solo che "Faust-Marx diventa elettore" (p. 562). Fortunati voi elettori socialistici che completate Goethe! - E poi ecco qui uno specioso metodo: assumere la persona di Marx (del quale non so perché l'A. dica d'ignorare la biografia! p. 517) come indefinitamente prolungata attraverso tutti gli atti e tutte le manifestazioni dei partiti e della stampa socialistica, e metter poi a carico del marxismo del signor Carlo Marx, come fossero i ravvedimenti e pentimenti suoi proprii, le parole e gli atti di tutti gli altri. Ma pare che la Nemesi sia giunta - perché quel benedetto Marx volle essere troppo diverse cose ad un tempo stesso, e cioè filosofo tedesco e rivoluzionario latino, protestante e cattolico, - e la vendetta del protestantesimo è poi venuta (p. 566), cosicché gli è qui il definitivo motto della crisi, gli è qui il senso schietto del nuovo 9 Termidoro di Massimiliano Carlo Robespierre Marx.

Non varrebbe la pena di seguire l'A. là dove va racimolando in tutta la stampa socialistica, e negli atti dei partiti, le prove della dissoluzione del marxismo per opera dei marxisti, che sarebbero come un Marx prolungato. La tesi è che il socialismo diventa costituzionale. Per la tesi tutto è buono, anche l'invocare la testimonianza di E. Ferri, il quale avrebbe detto, non so veramente dove, che la repubblica è un privato interesse dei partiti borghesi. Dunque niente repubblica! E la speranza dell'A. è questa, "che, perdendo il socialismo i caratteri acuti dell'ateismo, del materialismo e del rivoluzionarismo, si venga in fin delle fini ad un verace democratismo, il quale acquisti le proporzioni di una universale concezione della vita e del mondo. La politica di così fatto democratismo sarebbe la vera politica della vita e del mondo, una politica sub specie aeternitatis" (p. 585). Ed io, per parte mia, confesso di non capirci nulla.

Ho seguito, con insolita premura e pazienza - stante che il genere delle mie occupazioni mi tolga il modo di leggere un solo libro tutto d'un fiato - le 600 pagine del signor Masaryk. Ne ebbi una viva curiosità al primo annunzio. S'era tanto parlato e sparlato di crisi del marxismo da così gran numero di persone di media ed infima, e, quasi sempre, incongrua coltura, che mi parve ci dovesse esser molto da apprendere dall'opus magnum dell'autore della nuova parola d'ordine della scienza sociale. La delusione che n'ho provata resulta da ciò che son venuto fin qui notando.

Certo che il signor Masaryk non ha niente che vedere con le varie specie di professionale ignoranza e di audace gherminelleria, le quali han fatto fiorire, in poco d'ora, tanti critici definitivi del socialismo in questo nostro felice paese, ove vegetano tante sorti di anarchismo morale ed intellettuale. Non c'è di comune tra l'autore di cui mi occupo e cotesta così detta crisi del marxismo in Italia, niente altro dall'etichetta in fuori, e cotesta etichetta è giunta da noi certamente per via della stampa francese.

L'onesto e modesto intento del Masaryk fu soltanto quello di recitare l'elogio funebre del marxismo, proprio in nome di un'altra filosofia. La materia da criticare l'ha raccolta in note di paziente e minuta elaborazione; e in nome di che e a quale intento la critica sia stata poi da lui condotta, apparisce chiaro da tutto il contesto, e perfino dal tono dimesso ed equanime. La questione sociale è un dato - il socialismo è anch 'esso un dato - socialismo e marxismo oramai fanno uno (l'autore ripete ciò più volte, e mi pare che sbagli di grosso), ma la questione sociale deve avere soluzioni diverse da quelle aspettate dal socialismo-marxismo; dunque ritocchiamo, rifacciamo, sconvolgiamo la Weltanschauung, che sta a base del marxismo, e giacché gli stessi marxisti, o quasi, ne ridiscutono, entriamo da arbitri nella crisi.

Ciò che il Masaryk, proprio lui, veramente voglia in pratica, lo sapremo forse meglio un'altra volta; ed io confesso, che, per parte mia, non mi struggo dal desiderio di saperlo. Ma questa lettura mi ha fatto ripensare a tutto un secolo di storia delle idee.

Il positivismo, dalle sue origini è stato sempre alle calcagna e socialismo. Ideologicamente le due cose nacquero, quasi a un tempo, nella mente indistintamente geniale di Saint-Simon. Furono come il complemento, per antitesi, dei principi della Rivoluzione. La opposizione fra i due termini si venne svolgendo nella variopinta discendenza saint-simoniana; e a un certo punto il Comte divenne il rappresentante della reazione (aristocratica, direbbe il Masaryk), che dispensa agli uomini, nel quadro fisso del sistema, il posto e la destinazione, in nome della scienza classificativa ed onnisciente. A misura che il socialismo è diventato la coscienza della lotta di classe per entro all'orbita della produzione capitalistica, e a misura che la sociologia, più volte mal tentata, s'è venuta consolidando nel materialismo storico, il positivismo, da erede infedele dello spirito rivoluzionario s'è chiuso nell'orgoglio della sovraeminente classificazione delle scienze, che disprezza il concetto materialistico della scienza stessa, come di cosa mutabilmente consona al variare delle condizioni pratiche, ossia del lavoro. Masaryk è un uomo troppo modesto per rimettere in iscena il papato scientifico del Comte, ma è abbastanza professore per credere ancora alla Weltanschauung, come a un qualcosa di sovrastante alla questione sociale degli umili lavoratori. Giratela e voltatela quanto e come volete, c'è nel professore un che sempre del prete, che crea l'iddio che poi adora, sia esso il feticcio, o l'ostia consacrata.

E ora possiamo dire d'aver capito.

Avrei la tentazione di citare qui alcuni luoghi dei miei scritti, dai quali resulterebbe chiaro in che stia il divario tra la critica e la crisi. Ma al punto dove son giunto mi pare che basti.

Come la politica non può essere se non la interpretazione pratica e fattiva di un dato momento storico, oggi appunto il socialismo ha innanzi a sé - parlo così per le generali, e senza tener conto delle differenze che corrono fra i diversi paesi - questo problema veramente intricato e difficile: che esso, cioè, mentre deve rifuggire dal perdersi nei vani tentativi di una romantica riproduzione del rivoluzionarismo tradizionale (ossia, direbbe Masaryk, deve rifuggire dalla ideologia!), deve anche guardarsi nello stesso tempo da quei modi di adattamento e di acquiescenza, che, per le vie delle transazioni, lo farebbero come sparire nell'elastico meccanismo del mondo borghese. Gli è il desiderio, la aspettazione, la speranza di tale acquiescenza da parte del socialismo, che hanno indotto di recente tanti e tanti portavoce dell'ordine sociale presente a dare una straordinaria importanza alle ovvie polemiche letterarie del partito, e cosi gran peso al modesto libro del Bernstcin, che fu elevato di botto agli onori di un sintomo storico . In questo fatto è la caratteristica e la condanna, ad un tempo, così di quel libro, come di tante altre manifestazioni affini: ma il signor Masaryk in tutto ciò non c'entra nulla. Il Masaryk, da professore in esercizio, ha fatto della filologia attraverso alla carta stampata.

Roma, 18 giugno 1899

Liked This Book?

For More FREE e-Books visit Freeditorial.com